中国文学名家小小说精选丛书

听闻远方有风

苏三皮　著

江西高校出版社
JIANGXI UNIVERSITIES AND COLLEGES PRESS

南　昌

图书在版编目（CIP）数据

听闻远方有风 / 苏三皮著 . -- 南昌：江西高校出
版社 , 2025. 6. -- (中国文学名家小小说精选丛书).
ISBN 978-7-5762-5602-4

Ⅰ . I247.82

中国国家版本馆 CIP 数据核字第 2024UP4045 号

责 任 编 辑　袁娟霞
装 帧 设 计　夏梓郡

出 版 发 行　江西高校出版社
社　　　　址　江西省南昌市新建区工业二路 508 号
邮 政 编 码　330100
总编室电话　0791-88504319
销 售 电 话　0791-88505090
网　　　　址　www. juacp. com
印　　　　刷　鸿鹄（唐山）印务有限公司
经　　　　销　全国新华书店
开　　　　本　650 mm×920 mm　1/16
印　　　　张　13
字　　　　数　160 千字
版　　　　次　2025 年 6 月第 1 版
印　　　　次　2025 年 6 月第 1 次印刷
书　　　　号　ISBN 978-7-5762-5602-4
定　　　　价　58.00 元

赣版权登字 -07-2024-980

写出人性的多面性与复杂性

刘海涛

　　广东微型小说新锐作家苏三皮，有过一段独特的生活经历。他当过较长时间的狱警，见过各种各样的服刑人员，实施过各种各样改造罪犯的举措。值得关注的是，他把这段难得的工作经历化作了微型小说的创作资源，塑造了一批立体真实的多种类型的狱中人的形象。更值得关注的是，他通过塑造这一批当代微型小说作品中少见的狱中人形象，写出了人性的多面性和复杂性，为中国当代微型小说的人物画廊增添了命运独特、性格多面的人物类型，贡献了一些写人的叙述方式和艺术技巧。

　　他早些年的《朝着春天去想象》（《百花园》2011年第1期），直接描述了一个女犯人的两面性：她可以冷酷无情地手刃丈夫，又是一个有爱心的母亲。作品的故事内核，是她收藏女儿送给她的生日画作，违反了监规（枕头里面不能放物品），生日画作被管教收走了，此时的她一次又一次地失态。管教得知原因后，虽然批评了她，但也归还了那幅画作。苏三皮的这篇早期作品，正面写出了监狱的人性化管理，对于她思念女儿的心情，管教开了一条"特别通道"，让她见到了自己的女儿，让她那未泯灭的"人性善"来改造她的"人性恶"，并产生了显著成效。苏三皮对狱中人内心的善恶博弈和管教的人性化都有着正能量的叙述。

研读苏三皮的同类题材和同类人物的微型小说时可以发现，他的艺术构思和文体手法开始有着多方创新探索的成效。《没有人可以随便伤害一只猫》（入选《2020我们都爱短故事》）里的他，养猫爱猫，最后为了制止这只猫被其他犯人宰杀，他付出了生命的代价。这是作家通过凸显他爱动物的种种直观动作情节来表现犯人的人性。而在《那一场暴风雨》（获第二届世界华文微型小说大赛三等奖，《小说界》2013年增刊）里，他为了抢救暴风雨中的一窝喜鹊，不惜冒着"脱逃罪未遂"冲上天台去转移那窝小喜鹊。当管教查清了他的动机后，欣慰地表示这个曾经的杀人狂魔开始懂得敬畏生命了。通过犯人与动物互动的细节描写来挖掘狱中人内心深处残存的人性，成为苏三皮微型小说创作追求的母题之一。

《高墙屋檐下的燕子》（《百花园》2010年第5期）写了犯人王德光对女儿的爱。但这篇作品用的是另一种构思方式，一对燕子筑巢，隐喻了犯人思想和情感的转变。王德光在狱中患病癌症晚期，他想到再也见不到女儿了，于是开始自暴自弃；因受其他犯人一句"养儿育女"的刺激，他暴打了狱友。当管教得知王德光是因见不到女儿才如此自暴自弃时，就启用了人性化管理，想方设法让王德光见到了自己的女儿，了却了他的心愿。

以上各篇，苏三皮挖掘了罪犯的人性中残存的善，讲述管教用满足犯人爱子女的愿望，帮助罪犯改造的故事。这确实是作家构思这一类作品时的正能量创意。苏三皮描绘的狱中人形象，不同于其他作品中改造的罪犯，他浓墨重彩地写了犯人与动物、犯人与亲人、犯人与他人等各种情感关系，表现出了狱中人多层多面的人性内涵。

这种创作母题，在苏三皮新近创作的《欠你一个吻》（《小小说选刊》2019 年第 10 期）又有了新的发展。《欠你一个吻》突出渲染了一个"隔着玻璃亲吻儿子"的高质量的细节。在这篇作品中，苏三皮换了一种叙述视角，从管教"我"的眼、手、心三个方面，来观察、帮助、想象他的思想情感及行动意识。"我"看见，他想见到自己犯事时还没有出生的儿子。这样的一种爱子之情，激励着他好好改造，争取早日回到社会。"我"帮他写信给妻子儿子，那忏悔道歉的语言，足以让读者掌握他真正的内心动机和隐秘情感。"我"看见了他和儿子隔着玻璃亲吻的画面，听见他与妻子分别时告诉妻子：给儿子取名叫黄正，正路的正……这一切都是抓住了特征性的细节展开的正面描述，把这样一个狱中人的内心世界和情感特征给写活了。他的爱子之情是真诚的，他内在人性中仍有着善的一面。

相对于抓住高质量的细节进行正面描述的写法，《寄给风的信》（《小小说选刊》2023 年第 3 期）把故事叙述者改换成第三人称的全知视角，由狱中人老李来展开另一种版本的"写信故事"。决意重新做人的老李，发现刚入狱的小伙子半夜哭泣，小伙子还准备了一个"电子元件"要走绝路。老李故意让小伙子替自己写一封劝诫儿子的信。老李在信中真诚开导"儿子"的语言，却实实在在地打动了小伙子，并促使他最终丢弃了"电子元件"。一个准备走正路的狱中人，帮助了一个新入狱的年轻犯人也走上了正路。这里面，苏三皮机智巧妙地设置了两条叙事线索：显性故事是老李自己转变和帮助其他犯人转变的情节；而隐性故事是年轻犯人在老李的帮助下转变的过程。这个显性和隐性的叙述焦点，实际上是狱中人内心仍有着重新做人的基础。显性和隐性的故事交织，都是为了塑造狱中人的正面与负面、善与恶交织的复杂人性，以及挖掘、培育正面的、向上的人性元素来对抗恶的、丑的人性元素。

仍然是表现狱中人的复杂人性，到了苏三皮的新作《家书》（《微型小说选刊》2024年第17期）里，又呈现出一种新的构思方式和叙事方法。《家书》里的情节元素，是一个狱中人给家人写信，表达自己对老婆、对儿子的思念之情。只不过"我"快要刑满出狱了，而写信的狱中人犯了盗猎国家保护动物罪被判了十三年半有期徒刑。苏三皮用了大量的篇幅，具体形象地讲述他写信的内容，这段描写感人肺腑，表达出他对妻子、对儿子的爱；"我"被他这种真情感动了，于是出狱后就去找他的妻子和儿子，想告诉他们，他在狱中很想念他们。可故事的结局，令"我"，也令读者大吃一惊："我"按他寄信的地址，找到他家时却发现——这个住房已经荒废好多年了。这需要读者动用自己的想象力重新回到故事的开头，寻找故事的因果真相。"我"听他陈述对妻子和儿子的思念之情，这是显性叙事里的主体情节；而"我"发现他的家根本就没有妻子和儿子，这究竟是怎么回事？这条隐性叙事的故事情节有两个不确定的版本：第一个版本是他根本没有妻子和儿子，他写信给妻子的内容全部是杜撰的；第二个版本是他有真实的妻子和儿子，但他们早在他犯事之后就离他而去了。这两个版本都可自圆其说，但如果是第一个版本，其内涵就丰富了。人的白日梦可在人生最低谷时，成为他坚守下去的动力源泉。而他这样做的白日梦的根源，仍然是人性深层次对家庭的渴望，这样的构思成为苏三皮塑造狱中人的复杂人性的方法，换而言之，这也是塑造人类最基本的人性善和人性欲的心理根基。苏三皮用不确定的隐性叙事来概括更丰富的人性内涵，足见他对塑造狱中人形象的方法又做了新探索。

历数苏三皮这7篇运用独特的创作资源描写狱中人形象的各种写法，使我们对他多年来的微型小说创作有了新的认识。可以说，苏三皮在写最熟悉、最有特色的微型小说人物和题材时，已经形成了自己的创作个性和艺术风格。他关注到狱中人的人性复杂性，注意到了从正面挖掘他们人性中的真与善。在精短篇幅里挖掘人性丰富的深层内涵，写出各种人物的真实的多面性格，这是苏三皮在当代微型小说创作中完善人物描写理论的一种贡献。行文至此，我们可进一步补充两点。第一，苏三皮的微型小说创作除了以狱中人系列外，还有以三窝村故事系列的《炊烟》《月光》等为代表的超现实的魔幻题材，那里面的现实性立意也具有人性哲理的真实创建。第二，苏三皮未来的微型小说创作还可以继续扩大人物系列的创造，为新时代的各种普通人物注入鲜活的艺术生命，使自己的创作在题材、人物、创意上更加丰富，创作水平更为精进。

刘海涛，二级教授，中国作家协会会员，中国写作学会名誉副会长，广东省写作学会会长，出版《微型小说的理论与技巧》等专著 8 部，主编《文学创意写作》等写作学教材 10 部。

CONTENTS
目　录

听闻远方有风

147/ 第四辑　透　过　铁　窗　的　阳　光

第一辑

故乡的人和事

◀ 父亲和牛

鸡啼头遍，父亲就起来了。清澈的月光像流水一样泻下来，把地面照得仿如白昼。土狗子叫得正欢。父亲到灶房烧了一壶水，火光映着他的脸，他脸上按捺不住的激动跟随着火光在跳跃。水烧好后，父亲匆匆刷了一把脸，随手扣上一顶草帽就出了门。

父亲要赶到三十多里外的六舅家。六舅日前托人捎了话过来，说牛犊子已满月，可去牵回。六舅的话，还滚烫着，让父亲整晚没有一刻睡得踏实。

早在半年前，六舅家的母牛肚子刚鼓起来时，父亲就和六舅商定好了，等牛犊子生下来，满月就让父亲牵去。父亲迫切需要一头牛。犁田、耙田、拉车，牛都是最好把式。人的力气再大，也没有牛的力气大。阿公那时刚给父亲分了家，除去几亩薄田，还有一身债务。要想日子红火起来，得养一头牛。

日上三竿时，父亲就到了六舅家。六舅刚割牛草回来，见到父亲，还是愣了一下。六舅没承想父亲行动这般迅速，他以为父亲的动作再快，也是几天后的事情。六舅要留父亲吃早饭。父亲说，不了，不耽误事了。说完，拉着六舅到一旁角落交割清楚，然后给牛犊子套上牛笼头，就脚踏着火轮返程了。

父亲把牛犊子当成了他的儿子一般。每天天还没有亮，父亲就出门去割牛草。割回来的牛草，还沾着晶莹的露珠。父亲在晒谷场铺上麻袋，细心地把牛草一棵棵摊开，让太阳把露珠赶跑。父亲绝不会让他的牛犊子吃到沾有露珠的牛草，那样牛犊子会拉稀，几天的牛草就白割了。在太阳落山前，父亲还会顺手搭回一担子牛草，夜里给牛犊子添上三两回。牛犊子的肚子永远是圆滚的，没有一时半会瘪下去。父亲懂得"马无夜草不肥"的道理。

太阳滚烫的中午，时常可看到父亲将牛犊子牵到小溪边的树荫下，双手一掬掬捧水给牛犊子浇水降温。水滴沿着牛犊子的肚皮滑落下来，再次汇入小溪。牛犊子欢畅地甩着尾巴，甩给父亲满身水珠，父亲却一点儿也不恼。

牛犊子像雨后的春笋"嗖嗖"地长开来。才三个多月的功夫，就已经长到了一百多斤。母亲到圩上买回了新牛绳和鼻环，让父亲给牛犊子穿鼻子。母亲把牛犊子的头按在一棵树旁，用碘酒给牛鼻子消过毒，然后抓住牛犊子刚冒出来的两只犄角。父亲拿穿孔器的手在颤抖，母亲多次催促，他仍下不去手，气得母亲骂他是个大草包。父亲将穿孔器塞到母亲手里，抹着眼泪往屋里走。他看不得牛犊子的鼻子被锋利的穿孔器刺穿。那天，母亲一个人完成了牛犊子的穿鼻之礼。之后好几天，母亲都不和父亲说话。

入秋后，天气一天天地凉了下来。嘴馋的孩子，已经闻及甘蔗的馨香。在一个星稀月明的夜晚，大伙儿聚在队屋抓过阄后，砍蔗的日子就定了下来。不可否认，父亲懂得"养兵千日用兵一时"的道理。那时，牛犊子已经长成了牛驹，四只腿像四根柱子一样墩在地面，看起来壮实无比。父亲牵着他的牛，脚步轻快地穿梭在甘蔗地里。那一捆捆百十斤重的甘蔗，在父亲的手里恍如鹅毛般，轻易地被父亲举过头顶甩在牛车上。父亲的牛，果然不负众望，拉起上千斤重的车，竟疾走如飞。这让父亲自豪不已。

这天，父亲在车上已经装了二十捆甘蔗。同一个大队的大根伯走了过来，问父亲，这牛能拉多重？

父亲正把车轭往牛脖子上套。父亲头没有抬，含糊地应了大根伯一句，俺也不知道。

大根伯邪魅地笑了笑，说，要不赌一把？

大根伯赌父亲的牛拉不起三十捆甘蔗。

父亲抚摸着牛的犄角，看见牛眼里映着他的影子，仿佛在对父亲说，行，俺一定行。于是，父亲应下大根伯的赌约。要是父亲的牛拉不起三十斤捆甘蔗，年底杀年猪时，父亲得赔给大根伯一条大猪腿。

父亲架好车，扣好牛头绳，然后一捆捆甘蔗从父亲的手头飘落在车身上。第二十八捆甘蔗码在车上时，父亲明显看见车身抖了一下。父亲咬了咬牙，又举过两捆甘蔗定定码在车上。

扎好车轭，父亲左手扯着牛绳，右手扶着车辕，"吁"一声，给牛发出出发信号。父亲的牛喘着粗气，艰难地迈出前腿，牛脖子被车轭扯得皮毛直立起来，但车身岿然不动。父亲气急地扬起牛绳，狠狠地甩在牛的身上。父亲的牛长长地"哞"了一声，像是在给自己加油，又像是诉说着委屈。父亲的牛再次发力，车身依然岿然不动，牛跪了下来，眼里盈满泪水。

父亲解开牛头绳，用力托起车轭，让牛钻出身来。牛绳被父亲攥在手里，他低下头对大根伯说，俺输了，大猪腿到时候记得过来拿就是。说完，父亲爬上车身，把甘蔗一捆捆丢下来。

父亲的牛拉着空车，轻快地走出了甘蔗地。

那一晚，父亲把自己关在牛栏，和他的牛说了一整夜的话。父亲不停地给他的牛添草，直到最后牛连青草闻也不闻，父亲才作罢。父亲还每天给他的牛加料，母亲晾晒的用来防范荒年的番薯干，全都让父亲拿来喂了牛。

一年后，父亲的牛轻松地拉起了三十捆甘蔗，但父亲没有找过大根伯。纵然输掉的那条大猪腿，曾让父亲懊恼了好长时间。

许多年过去，父亲老了，父亲的牛也老了。那时候，牛经纪几乎踩破了俺家门槛，劝说父亲把老牛买给屠户，要是牛老死了，将一文不值。父亲始终不为所动。

一个萧条的冬日，老牛走完了它的一生。

父亲埋葬了他的牛。父亲还请来法师，给老牛做了一场法事。

父亲这辈子，没有吃过牛肉。

（发表于《微型小说选刊》2024 年第 16 期）

第一辑　故乡的人和事

◀ 探 亲

················

霜降过后，芝麻墨绿的枝叶在一夜之间黯淡下来，被迫裸露的豆荚迫不及待地咧开嘴，无数黑乎乎的小脑袋探出半个身子，好奇地打量着被白霜淹没的萧瑟的田野。

爹无疑是激动着的。那块巴掌大的地，居然打了整整一担子芝麻。黑油油的芝麻，把爹的心压得熨帖实实的。

这块地，曾荒芜了好些年头。每次路过，爹都可惜得牙齿直打颤。这地肥沃着哩，把土块捏在手里，稍微用力就能捏出黑油来。爹早就觊觎上了这块地。爹的眼光曾长久地落在这块地上，嘴里不止地念叨，这块地要是交给俺来耕种，那该多中啊！

果真事遂人愿。爹没有想到的是，一块大大的馅饼砸在了自个儿头上。分田到户时，这块地居然分到了爹手里。那一夜，爹没有一时半会睡踏实。哪怕挤不出两滴尿液，他也会搪塞娘，说要起夜去。那天夜里，爹的头靠在田畦，抽了整夜的旱烟，流了整夜的热泪。

收割过后，爹把芝麻秆收拢了起来，扎成捆，堆在柴房。爹舍不得用芝麻秆来烧火。爹懂得，芝麻秆大有用处，得留着。爹留着芝麻秆在寒冬腊月时用来喂牛。爹省吃俭用买了一头牛仔。爹知道，人的力气再大，也没有牛的力气大。日子要过得红火，得养一头牛。

黑油油的芝麻差点儿就亮瞎了爹的眼睛。爹仿佛想起了什么一般，用力一拍大腿，斩钉截铁地对娘说，差点儿坏了事，吃水不忘挖井人，咱得给大恩人送点儿芝麻。

听说爹要送芝麻到北京，俺二爹凑上来，问爹能不能缓几天再出发？二爹养了一头大肥猪，本想留到腊月再杀做熏肉，但听说爹要到北京去见大恩人，二爹想也没想就把猪给杀了。二爹想让大恩人尝尝他做的熏肉。二爹做的熏肉是当地一绝。二爹自然不想错过这个机会。二爹说，要不是大恩人，俺再厉害，也养不了一头大肥猪。爹想，二爹说得着实在理。

爹一贯行事低调，想悄悄地去，悄悄地回，不想太多人知道这事儿。但二爹嘴大，到处嚷嚷，说爹要到北京答谢大恩人。不大会功夫，俺家就聚满了人，东家送来在山上摘的野菌，西家拿来河里刚捞上来的鲜鱼，张家李家说什么也要表示表示。爹装了满满当当一担子。后来者担子装不下，又是懊恼，又是抱怨，说爹不买他的面子。

爹狠狠地给了二爹屁股一脚，俺就说吧，这事儿办得……办得不大妥当！

不妥当归不妥当，爹出门时，俺看见他的神情，着实欢喜得很。

爹这人，万般好，就是太较真。说真的，直到今天，俺也不敢保证爹是否真把大伙儿的心意送到了大恩人那里。但是，爹言之凿凿地说，真送到了。

那是腊八节前夕，爹回到了庄里。那个夜晚，万籁俱静，二爹家的狗一声不吭。娘点开煤油灯，见爹那个模样，一下子就晕倒了过去。后来娘在多种场合说起这个夜晚，她总说是以为见着鬼了。

的确，娘对爹已不再抱任何期望。娘多次对俺们说，你爹不是孬种，他是死在去见大恩人的路上。

娘说，你爹回家那天晚上，他蓬头垢脸，尖嘴猴腮，瘦得没了人形，像竹竿一般，咋像个人哩？俺那时还小，不记事，何况爹回到家时，俺早已入睡，完全不晓得事情原来的模样。

但是俺能感觉，爹回到庄里，仿佛不是一件光彩的事。比如，二爹时常装作不经意问起一样，俺那熏肉，该不会让你路上吃掉或是换了酒钱吧？又比如东家问，俺那袋子野菌儿，煲汤味道可好？爹被气得青筋暴突，他咆哮着说，天地良心，大伙儿的心意，俺可是全都送到了，信不信由你！

可是，谁信呢？要是爹他真的光明正大地把大伙儿的心意送给了大恩人，他至于在两个月后的一个夜晚偷偷摸摸地回到了庄里？

更何况，族长拷问过爹，你究竟有没有见着大恩人哩？

爹答，没见着，但是有人转交了的。

族长又问，何人转交的？

爹答，门口卫兵，他说一定转交，让俺放一万个心！

族长哼了一声，冷冷地说，可有凭有证？

爹说，凭证还真没有，但卫兵留了俺地址。

族长"哼"了一声，愤愤然地说，饭桶，大饭桶！

爹的头低到了裤裆里。

二爹甚至到处和人说，他那十斤熏肉，定然已进了爹的肚子。二爹跟着"哼"了一声，接着说，俺用脚趾头都能想得到，就是他吃了。

但是，俺相信爹不是那种人。爹和俺说，见到卫兵那一刻，爹仿佛见到了大恩人，爹说所有吃过的苦，都值了。大伙儿不知道的是，爹在回来路上，荷包被扒了。他一路讨饭，一路走，走了快两个月，才回到了庄里。爹说，过了腊八就是年，俺得回家过年。这个信念，支撑着爹一路走回了家。

但是，回到家里，爹就被流言蜚语击垮了。直到新年快过完那天早晨，春意已盎然，邮递员自行车欢快的铃声响彻整个村庄。那辆碧绿的自行车径直泊在了俺家门口，邮递员用一种近乎夸张的声音喊道："苏愣头，汇款单，北京来的汇款单！"

接下汇款单那一刻，爹泪流满面。爹真没有想到，大恩人把乡亲们送给他的心意折价成钱币给乡亲们汇了过来。

爹说，大恩人呀大恩人，让俺怎么说呢？让俺说啥哩？俺还能说啥哩？

（发表于《安徽文学》2024 年 4 期，《微型小说选刊》2024年第 8 期、《微型小说月报》2024 年第 6 期转载）

◀ 苞谷，苞谷

　　米脂寨的人们把玉米不叫玉米，叫苞谷。米脂寨山多地少，土地又贫瘠，除了能种植苞谷，还真说不上还能种植其他什么作物。苞谷这玩意不挑不拣，容易生发。

　　穷山恶水出光棍。米脂寨的光棍儿不少。

　　山是拦路虎，拦住财富进不来米脂寨。不得已，米脂寨有家有室的男人只好拖家带口走出山外去找财富。留在米脂寨的男人，除了光棍儿，全寨子数来数去也就只剩下香果的男人。

　　香果的男人叫王守正。

　　王守正不是没想过去山外的世界寻找财富。毕竟同个寨子的张四，脑子不见得有多灵光，出去几年工夫，竟然给家里起了栋像模像样的洋楼。外面的世界精彩，但也复杂，听说同村的狗胆辛辛苦苦攒了几年的彩礼钱，接了几个陌生电话就全没了，准备过门老婆也跟人跑了。既然没有技术没有文化，何必在外面自找苦头呢？倒不如就留在米脂寨。

米脂寨山林茂盛，给野猪提供了栖身之所，它们在山林里安营扎寨，肆无忌惮地繁殖后代，又走出山林横行霸道地和米脂寨的人们争食。搁以前，人们拿野猪毫无办法。野猪是三有保护动物，打不得更杀不得，人们种上的苞谷刚结籽就被野猪统统祸害了，一年到头也没指望有多少收成。但现在形势不同以前了，野猪已被移除出三有保护动物名单，要是它们胆敢前来搞破坏，那就用棍棒伺候呗。

　　做食，做食，有做才有食。香果夫妻俩就商量着把米脂寨丢荒地盘下来，盘了有百来亩，全种上苞谷。

　　没有了对野猪的顾忌，香果夫妻俩就有了夫妻俩的盘算。先是盘算着整合米脂寨的百来亩荒地种上苞谷，要是玩得转，再把周遭寨子的荒地也盘下来，这样就上了规模，就能争取到乡村振兴专项资金的扶持，再加上种粮补贴，这生意怎么盘算都不亏。

　　这也是香果夫妻俩敢盘下米脂寨百来亩荒地种植苞谷的底气。

　　苞谷结籽时，王守正在苞谷地里搭了个窝棚，不管不顾地搬了过去。王守正要守夜赶野猪。这百来亩苞谷，是身家性命，可不能让野猪给糟蹋了。

　　刚开始，香果倒也没觉得有什么。天一落黑，就把门给闩了，心里虽然有些惧怕，总归睡得香。但是，在不经意瞥见屋前屋后转悠的光棍儿的身影后，香果心底就不那么踏实了。

　　香果也曾想过旁敲侧击提醒丈夫，夜里还是要回家来把馍看紧，免得被狗叼了，话到了嘴边却最终没有说出来。为了那百来亩苞谷，王守正豁出去一般，双眼凹陷，瘦得没有了人形。

香果心疼王守正，怕归怕，也就一个人熬过漫漫长夜。

人吃三餐，猪吃三顿。这天傍晚，香果打了两勺潲食走去猪圈准备喂那头小母猪，老光棍儿杨万里早早一脸坏笑地站在猪圈旁。见香果出来，杨万里话里有话对香果说："香果婶子，你看，你快看，你家母猪正发着情呢。"

可不是，猪圈里的小母猪正撅着屁股不羞不臊地倚着柱子上来回摩擎。香果脸一下子红到了脖子根，慌慌张张地把潲食倒了，也不管潲食是不是倒入了食槽，就飞奔回了屋里。

好半天，香果才让自己镇定了下来。香果拿起手机，想给王守正打个电话。香果想告诉王守正有光棍儿在屋前屋后转悠，她害怕，让王守正赶紧回来陪她。可是刚拨完号码，香果就掐掉了。她知道王守正这会肯定还在忙，也许在忙喷药除草，也许在忙起垄追肥，又或在忙着挂鞭炮赶野猪。

晶莹的泪珠就在香果的眼眶里打转，心里委屈着呢。

恐惧让夜晚变得更加漫长。香果一闭眼，屋前屋后转悠的光棍儿的身影就出现在脑海里，尤其是老光棍儿杨万里，那豁着的门牙仿佛张开的血盆大口，随时会扑上来吃掉她一样。

子夜时分，再也坐不住的香果决定到苞谷地找王守正。她披上外套，想想又往怀里揣了把尖刀，这才打着手电筒一路跌跌撞撞地到了苞谷地。

王守正睡得正迷糊，冷不丁被眼前的香果吓了一大跳，待反应过来，一把将香果揽入怀里。王守正被香果怀里的尖刀搁着了，惊讶地问，你揣把尖刀做什么呀？难不成你想谋杀亲夫？

香果就笑，笑着笑着眼里全是泪。

（发表于《安徽文学》2023 年第 4 期，《微型小说月报》
2023 年第 5 期转载）

◀ **五道口**
....

那张地图在父亲的手里，硬生生地被攥出血来。

摊开地图，五道口三个字被父亲用圆珠笔圈了起来，足足圈了三圈。看得出来，父亲笔力极其浑厚，笔迹将地图勒出了深深的壑。

我不知道这三个字对于父亲来说意味着什么，他也从来没有说过。父亲一向沉默寡言，用母亲的话说是，用铁筷子都撬不开嘴的人。那张地图仿佛父亲的命根子，爱惜得很，他的眼光时常长久地落在被圈出的五道口三个字上，偶尔会看到父亲的喉结在上下滑动，我很想探究他究竟在酝酿着怎样一种情绪。

我手贱。在一次父亲外出，我撬开了父亲的木箱，翻出了那张地图。在太阳底下，我摊开地图，想窥视父亲的秘密。遗憾的是，我什么也没有发现。在我还没有来得及收好地图时，父亲回来了。那一瞬间，父亲的脸色变得异常可怕，仿佛会吃人一般。我蜷缩在墙角里，惧怕父亲那粗大的巴掌随时会落下来。所幸的是，母亲及时回到，我才逃过一次劫难。

父亲告诫我，别碰那张地图，永远都不要碰。

母亲责怪父亲不应该对我动粗。母亲甚至不留一点情面地对父亲说，苏愣头，你要是以为地图更重要，那你就跟地图过日子去，我母子俩不稀罕。父亲的脸一阵红，一阵白。他一句话也说不出来。

很长时间，母亲都不愿意搭理父亲。父亲几次主动示好，都被母亲冷冰冰地忽略而过。后来，父亲不再示好，他终于默默尽力地像一个父亲忙里忙外，而又忙里偷闲地给我辅导功课。

我不承想，面朝黄土背朝天的父亲懂的知识居然超过了我所有的老师。我学不会的题目，在父亲简单三言两语的讲解下，瞬间便可以豁然开朗。我的成绩越来越好，时常稳坐钓鱼台，父亲的脸上逐渐有了笑意，而母亲对父亲的态度，也终于日趋缓和。

父亲的木箱没有再打开过。父亲仿佛已经忘记了那回事。我倒是记得的，但我没有任何勇气再提起——那是自我识事起，父亲唯一一次想要对我动粗，这个记忆不谓不深刻。

我考上了县一中。开学那天，父亲骑自行车驮着我走了三十多里的路，一口气没歇地把我送到了县一中门口。一路上，父亲并没有太多的话语，只顾吭哧吭哧地把自行车踩得飞快。把我安顿好后，父亲蹬上自行车离开，但他很快又折返回来。父亲问我，知不知道那张地图上五道口三个字意味着什么？我摇摇头。父亲说，你迟早会知道的！说完，父亲就又蹬上自行车离开了。

高中三年，我让自己沉浸在书本里，过得异常充实。当然，得益于父亲帮我打下的基础，哪怕在高手如云的县一中，我的成绩也丝毫不逊色。很快，便迎来了填报高考志愿。当我在北京大学和清华大学之间犹豫时，班主任坚定地让我把清华大学填了上去。

我不解地问班主任，为什么是清华大学而不是北京大学？

班主任顿了一下，对我说，那是你父亲的心愿。

我父亲的心愿？我不大相信地问。

是的，你父亲也是我的学生，他原本是可以考上清华大学的，但是高考前一个月，你爷爷上山采石不幸被石头砸了，你奶奶赶往医院的路上遭遇了车祸，没有抢救过来，你父亲义无反顾地回家去照顾你那半身不遂的爷爷，他没有参加高考。如果你父亲参加了高考，他铁定可以考上清华大学。你父亲太固执了，他不听劝。这件事情，我遗憾了大半辈子。说着，班主任的眼眶红了起来。

我倒像一个局外人，竟然对这些事情一无所知。我甚至不知道，父亲原来如此优秀，我一时愣在那里，不知道该说些什么。

待回过神来，我问班主任，五道口到底是个什么地方？您知道吗？

班主任点点头说，五道口，五道口其实就是清华大学。清华大学就在北京海淀区五道口，因为清华大学名气实在太大了，五道口叫的人就逐渐少了，再后来就鲜有人提起过五道口了。

原来，五道口就是清华大学！原来，压在木箱底下的正是父亲心底的梦！

送我到清华大学报到那天，父亲在学校门口站住了。父亲的眼光落在枝叶繁茂的杨树上，杨树的树杈上挂着喜鹊几只凌乱的巢。父亲对我说，你知道吗？我曾偷偷地来过这里，我以为五道口就是五条道路的交汇处，当我来到这里，却只见到那是一条笔直的路。当时还看见有好几只灰喜鹊，我记得它们的翅膀有一小撮蓝色的羽毛，它们在杨树的枝头吱吱呀呀地跳来跃去，我竟然会羡慕起那几只灰喜鹊来。说着，父亲竟然轻声啜泣起来。

（获广东省第二届"邹记福"小小说大赛优秀作品类一等奖，《小小说选刊》2024 年第 6 期转载）

◀ 有奶并非娘

一场豪雨，令山里发了洪水，冲垮了村里的学校。

看着遍地狼藉的学校，牛筋老汉抬头望望天，又低头跺跺地，对着天和地大声地喊："苍天啊，大地啊，你怎么就不睁开眼，你睁开眼看一眼那破烂不堪的学校，看一眼那群可怜的娃儿，要是他们的学上不成了，俺就是千古罪人啊！"

牛筋老汉愿意求天、求地，也不愿意求二愣。牛筋老汉压根儿就瞧不起二愣。每当有人提起二愣，牛筋老汉的鼻腔里就不屑地"哼"一声。牛筋老汉知道二愣从小就不学好，大了做生意都是做的偏门，钱赚得不清不白的。尽管他床底下全是花花绿绿四四方方的钱票儿，但牛筋老汉一点儿不稀罕。牛筋老汉对老伴儿说："走着瞧吧，二愣昧着良心赚钱，老天迟早要他还债的。"

但是，学校这事儿又压迫得牛筋老汉脑袋生疼。自从学校被洪水冲了，牛筋老汉就再也睡不好、吃不香，仿佛被抽了魂，不得安生。牛筋老汉不是村主任，也不是校长，按理说，这事儿跟牛筋老汉八竿子也打不着关系。硬要说吧，牛筋老汉顶多算是村里的头人。这年头，有钱才是爹，有奶便是娘。在村里，二愣的嗓门比谁的都大，还有谁把头人放在眼里？只有牛筋老汉把自个儿当回事儿。牛筋老汉不得不把自个儿当回事。村里的年轻人都外出打工去了，只剩下"九九""三八""六一"。村主任也只是挂个名号，长年在外头忙乎自个儿的生意。校长又是外地人，说不了事，做不了主。为了这事儿，牛筋老汉专程去了一趟县城找过村主任，又去外村找了一回校长。听听他们怎么说。村主任说："叔，您拿主意，有事儿打俺手机！"校长说："牛筋大伯，报告早送上去了，上级回复说，僧多粥少资金难安排。咱学校就巴掌大，难排得上号，学校的事儿都听您安排就是！"

牛筋老汉没了主意。校舍要修整，课桌、书本和文具要重新购置，样样都要钱。牛筋老汉纵然瞧不起那花花绿绿四四方方的纸片儿，但巧妇难为无米之炊，那才是大事儿，要紧事儿。牛筋老汉打村主任手机，村主任说："俺忙乎着呢，您找二愣去，俺交代过他，他答应赞助咧。"

牛筋老汉还没有找二愣，二愣就找上门来了。二愣嘴里叼着过滤嘴烟，也丢给牛筋老汉一支，但牛筋老汉没有接。牛筋老汉冷冷地问二愣："啥来头？"

过滤嘴烟从二愣的嘴里转移到了食指和无名指之间，二愣吐了浓浓一口烟，呛得牛筋老汉眼泪都快流出来。二愣弹了弹烟灰说："不抽？一支就够您吃上一天啦！"

牛筋老汉连正眼也不瞧二愣一眼说："有屁就快些放！俺还

得上山砍柴去，没空儿搭理你！"

二愣说："大水冲得了龙王庙，竟然也冲得了学校，俺二愣虽然书没读多少，字也没认得多少，但俺二愣会赚钱，白花花的钞票倒是手到就拈来。这回，俺寻思着得支持下村里的教育事业。当然，俺也是有条件的。"

牛筋老汉"呸"了一口说："谁不知道苍蝇飞过你二愣也得扯下一条腿，有这好心眼支持村里的教育事业？你就直说吧，啥子条件？"

二愣嘿嘿地干笑了两声说："这么说吧，俺这辈子最大的遗憾，就是没认得几个字。俺寻思着，俺吃过教育的亏，俺想做回好事，当回好人。这学校，由俺出钱重建，课桌、书本杂什等，俺统统包了。只是，这学校得用俺二愣的名字来命名。俺大名叫吴德，俺爹这名字起得真是好，正是想俺以德扬名的意思。照俺想，这学校吧，就叫作吴德学校吧。"

牛筋老汉冷笑了一声说："是啊，你爹有先见之明，你这名字起得真是好，吴德无德嘛，要是学校用了你这名字起名，臭且不说，只怕娃儿开口闭口都成了无德之人了。你还想以德扬名，简直就是做白日梦、放狗屁！"说完，牛筋老汉朝二愣吐了一口唾沫星子。

二愣有些生气，又有些无奈，只得低声下气地对牛筋老汉说："叔，这事儿有得商量，再商量嘛？！"

牛筋老汉头也不回，留给二愣一个冷冷的背影。

后来，牛筋老汉瞒着老伴儿用棺材本修整了校舍，又偷偷摸摸地向亲戚借了些钱购置了课桌、书本和文具。娃儿又回到了学校,学校又传来了琅琅的读书声。

这事儿到底还是让老伴儿给知道了,老伴儿气得直抹眼泪。老伴儿戳着牛筋老汉的鼻梁说:"就你能,到咽气那时你就该知道啥叫凄凉了!"

牛筋老汉嘿嘿地笑开来:"地为床,天为被,还怕没处埋身儿吗?"

(发表于《南方日报》2012 年 4 月 22 日)

◀ 记礼账

棉袄还没有褪去时，爹到圩上赶回了两头肥猪仔。爹戳着俺的脑门说，南瓜蛋，往后猪仔就是你，你就是猪仔。你得把猪仔养大养好了，你的书就可以读下去啦。

俺看着那两头"嗡嗡"不停地哼哼唧唧的猪仔，越看它们越像爹。不，它们比爹还亲。俺得把它们供着，捧着，丝毫怠慢不得。

每天放学后，不用爹催，俺就跑到后山割猪草。俺专挑最嫩的猪草。俺绝对不允许掺杂任何杂草在猪草里头。比如拉拉藤（也叫猪殃殃），猪仔吃了就会拉稀，一拉就是十天半月，先别说猪仔长不长肉，弄不好还搭上猪仔小命呢。

为了改善猪仔的伙食，俺还经常去米脂寨王老二的舂米行守着王老二。要是主家不要米糠，俺就央求王老二让给俺。有时候，王老二挺好说话，随意摆摆手说，你自个儿装。俺就会掏出麻袋，装到一粒不剩。王老二有时候也会不耐烦，让俺哪凉快哪待着。后来俺学会了察言观色，要是王老二和婆娘拌了嘴，俺就绝不会问他要米糠。

一天天地，两只猪仔长势喜人，胖嘟嘟的，充满了活力。也就大半年，猪仔就长到了两百来斤，眼看着就要出栏了。爹一天到头喜滋滋的。爹那是由衷的欢喜。照爹推断，再过三两个月功夫，猪仔长到三百来斤完全不在话下。来年一家大小的衣食住行，茶油酱醋，锅碗瓢盆，还有俺的学费，都算在里头呢。爹捧着俺的脸表彰俺说这完完全全是南瓜蛋的功劳。爹不仅夸俺算术算得溜，没料到养猪也是一把好手。爹还往远里想了，说就算将来读不好书，没考到大学，学会了养猪这门手艺，也不至于谋不了生。

稻子黄的时候，秋生哥的婚期也到了。新娘子是隔壁寨的，听说很漂亮。俺没有见过。俺娘说起时，满脸羡慕，说新娘子皮肤嫩出水来。

秋生哥让俺给他压床。秋生哥他爹很会说话，又懂得客套，夸得俺爹满脸皱纹都快堆到一块儿去了。秋生哥他爹说，南瓜蛋伶俐着呢，又勤快，要是他来压床，俺家秋生准生带把的，准和南瓜蛋一般聪明伶俐。照俺话说呢，只有南瓜蛋值得压秋生的床，其他任何一个伢儿都没这个资格。

俺自然也乐意。秋生哥可是个大好人，有时候猪草俺割多了，挑不动，秋生哥二话不说就帮俺挑了回来。

新娘子入门那天，俺爹忙前忙后，一会儿在厨后帮忙劈柴添火，一会儿又窜在厅前端茶起菜。在新娘子入门时，爹还表演了一套俺家祖传的"赶白虎"功夫。爹那架势，仿佛是俺娶媳妇一样。看得出来，爹是真高兴。

鞭炮声响起，就开席了。爹让人搬来一张矮桌子，又找来了把凳墩子，秋生哥他爹适时地呈上红本。爹是庄里的会计，寨里遇上红白喜事，都是爹张罗着记礼账。爹一把扯过俺按在凳墩上。爹说，王守正，你来记礼账。

这是爹第一次喊俺大名。大伙儿一哄而上地笑开了。

有人问，南瓜蛋原来叫王守正？

又有人质疑，南瓜蛋他行吗？别记错数了，倒贴了窝里那两头肥猪。

大伙笑得更开了。爹的脸有点挂不住。爹呛他们说，守正书读得好，大伙儿眼红是不是？

大伙儿顿时安静下来。有人应，开开玩笑而已，真没那心思，王会计别往心里去了。

爹让俺抬头挺胸坐得端端正正，反复交代俺记礼账时要先问人家名字（大伙儿平常都是叫绰号，记礼账记的是大名）和礼金金额，再数礼金，数过礼金确认无误后再落笔。爹又问，记得了吗？俺点头，说记得了。

陆续记了几个，俺除了字写得有些扭歪，礼账一个都没有错。爹往俺耳朵缝里夹了一根红烟。俺估摸俺的模样应该有些儿滑稽。大伙儿有人想笑，但又不敢笑出声来。爹踌躇满志地和大伙儿说，俺家守正，还真是读书的好苗子哩。说着，爹还给俺竖起了大拇指。

收了席，已是晌午。爹从俺手里接过红本，开始记账。计完账，爹又接过礼金数数。爹数过一遍，没对上。爹又重新计，重新数，还是没对上。爹一连数了五遍，都没对上。礼金少了整整10元钱。

爹的头顶开始渗出细汗，嘴里不停嘟囔着说，没道理，没道理！

爹像一只泄气的皮球，沮丧地问俺，守正，你好好想想，再好好想想，到底有没有哪个叔伯婶嫂只喊记礼账，没给礼金？俺想了又想，像是有又像是没有。俺嘟嘟嘴说，即便记得，俺也叫不出他名字来啦。

爹出去转了一圈。回来时爹一屁股落在凳墩上。爹抖了抖鞋子，眼睛突然瞪大起来。爹神情异常夸张，同时几乎是喊出了声，俺都说俺家守正是不会记错礼账的嘛，这不掉地上啦！爹边说边从地上捡起一张 10 元钱纸币来。

从那天开始，爹再也没有叫过我的小名——南瓜蛋。

（发表于《天池小小说》2023 年第 7 期，《台港文学选刊》2024 年第 4 期转载）

◀ 月光下的阿姆

　　距离腊八节还有些日子，十四岁的李立志就开始掐着手指头倒数回家的日子。离家到广东读书这大半年，李立志梦里无数次和全家人一起围着热气腾腾的餐桌，幸福地有说有笑地喝着阿姆煮的甜酒，然而很多时候，幸福突然就戛然而止，取而代之是激烈的摇晃，是成片的哭声，是残垣断壁，是血肉横飞。之后，李立志就从梦中仓皇惊醒，大口大口地喘着粗气，心脏仿佛要挤破胸口跳了出来一样。

　　李立志抚着激烈起伏的胸口不停地自我安抚说："别害怕，这一切已经过去了，都已经过去了。"是的，灾难已经过去了，只是心里的创伤还未被抚平。那次地震如一只猛兽，不仅吞噬了很多人的家园，还吞噬了很多人的生命。李立志的父母就是在地震中没了，留下了他和阿姆，幸亏还有政府的关怀，还有很多热心人的帮助，鼓励他们要树立信心，要克服困难，家园毁了，人心不能毁，要是人心毁了，就再也没有了希望。

学校毁了，寨里的孩子迷惘地望着已经变成废墟的学校，他们眼里，前方的路和他们的眼光一样迷惘。但是，很快就有热心人给他们带来了希望。那是来自广东的热心人，他们不仅要帮助寨里重建家园，还要带他们到广东读书。李立志就是得益于他们的帮助，才来到了广东，才重拾了书本。

刚到广东那阵子，李立志想家的念头就更加迫切，每天晚饭后都要给阿姆打电话。在电话里，李立志事无巨细地向阿姆汇报，每天吃什么饭了，几个荤几个素，学校组织什么活动了，哪门功课学得好了，哪门功课不行，多少个同学住一间宿舍，校园里都种了些什么树开了什么花，大海竟然比他们的寨子还大等。这些细枝末节，听得阿姆一愣一愣的，不停地问着李立志，那广东敢情是天堂吗？李立志回答说，广东就是天堂，但是俺更想回家，阿姆，俺想家想您了，很想很想。握着话筒，李立志的眼泪吧嗒吧嗒地流淌开来，搞得阿姆也啜泣不止。

李立志不知道，阿姆也很想念他。有一次，阿姆想他想得慌了，就步行了四个多小时到了县城的车站，只是阿姆没有找到广东的汽车。那一天，阿姆躲在车站的角落里哭了好久。李立志还不知道，阿姆为了让他回家时能住进新家，每天都要到山上去寻找山石。阿姆已经将废墟完全清理出去了，把泥土堆积到了一起，还把石块堆码得整整齐齐。那是很辛苦的活计。然而七十多岁的阿姆却干得很幸福，干得一丝不苟。阿姆只有一个简单的愿望，那就是她要让孙子幸福，让孙子忘记灾难的伤痛，健康地快乐地成长，读书，然后有一份稳定的工作，凭本事来养活自己。

日子在思念中被拉得悠长。才十来天的工夫却仿佛过了几个世纪一样，李立志终于数到了尾指。从广东出发的汽车回到了县城，已经将近黄昏了。带队的老师说要在县城休整一天，明天一早安排车辆送大家回家。但是下了汽车，李立志就飞奔一般迈开步子，向他无比想念的寨子的方向走去。一路上，李立志只是想着阿姆。阿姆此刻一定是站在寨口，站在寒风里等着他。想着，李立志的步子就迈得更大，频率更快了。阿姆年纪大了，不能在寒风中站立太久，要是这样她的关节会疼痛的。

　　天空在李立志的奔跑中渐渐地黑了下来，但这丝毫不影响李立志的速度。李立志将风踩在了脚下，家仿佛一盏明灯，照亮着他脚下的路。纵然寒风凛冽，汗珠子还是不断地从李立志的额头从各处的毛孔里渗透出来。李立志的心里就只有一个信念，那就是奔跑，快速地奔跑，阿姆不能在寒风里站立太久，阿姆承受不起太久的站立。

　　一轮新月升了上来，是上弦月，就悬挂在寨子的上空。在寨口，李立志看到了月光下站立着的阿姆，阿姆周身都点缀上了雪花，映着月光，仿佛圣母一般模样。李立志还闻到了甜酒清洌的香气，就从阿姆身后新起的石屋里涟漪开来。

　　此时，李立志才感觉到，大腿的假肢接口处的疼痛热辣辣地燃烧开来。

　　（发表于《广西文学》2010年第5期）

◀ 拔儿根葱不是小事儿

牛筋老汉坐在村西头的石墩上想事儿，很专注，很投入，很有哲学家的范儿。

老伴儿从地里放水回来，经过村西头看见坐在石墩上的牛筋老汉。老伴儿吼牛筋老汉说："你这个傻冒牛筋，犟牛筋，死人牛筋，你以为你就这么在石墩上坐着，地里就能冒出水来？就能长出庄稼来？"

牛筋老汉瞥了老伴儿一眼，不作声，不恼怒，也不理会老伴儿。牛筋老汉清楚老伴儿的德性。老伴儿吼归吼，嘴巴也有点儿毒，但心却是豆腐心，好得很，善良得很。

牛筋老汉想的事儿说要紧也要紧，说不要紧也不要紧。本来，牛筋老汉对这事儿就不甚上心，这村主任无论谁来当都是一个样，他牛筋老汉多吃一口，少吃一口都是自个儿的事情。但是，要竞选村主任的吴德一大早就敲开了牛筋老汉家的门。近些年，吴德闯世界，办企业，口袋鼓了起来，咸鱼倒是翻了身。吴德拐了好大一个弯才表达了他要参加村主任的竞选，要牛筋老汉投他一票的意思。牛筋老汉倒是十分佩服吴德的能力，但是有件事儿撂在牛筋老汉的心里，很不自然，很不舒坦，不吐不快。

这事儿说大不大，说小不小。那是五年前，吴德顺手在牛筋老汉家的自留地里拔了几根葱，刚好让牛筋老汉给碰上了。牛筋老汉不把几根葱当回事，但把吴德的行为当回事。这就是大事儿了。牛筋老汉牢牢地记得儿时他母亲"小时偷针，大时偷金"的教训。虽然从那时起，牛筋老汉再也没有见过或听说过吴德有过见不得人的事，但是这件事仿佛在牛筋老汉心里打了一个死结，难解得开。

所以，当吴德委婉地表达了他要竞选村主任并让牛筋老汉投他一票时，牛筋老汉沉默了。见牛筋老汉不作声，吴德就让牛筋老汉好好给考虑一下。末了，吴德又承诺，一定会尽自个儿最大的能力让大伙儿过上好生活，小康生活。但是牛筋老汉还是不作声。在吴德后脚跨出门槛时，牛筋老汉叫住吴德。牛筋老汉对吴德说："有件事儿，不知道当不当讲？"

吴德回过头对牛筋老汉说："叔，有事儿您就讲，尽管讲！"

牛筋老汉说："俺记得，你五年前在俺家自留地里拔了几根葱。"

吴德的脸一下就红到了耳根，嗫嚅着说："叔，可……可有这样的事儿？"

牛筋老汉一脸严肃地说："是的，这事儿真真切切——要是俺这话是捏造的，俺牛筋就天打雷劈不得好死——也许你认为这是样小事儿，早不记得了，但是俺记得，俺一直都记得哩。俺认为这不是小事儿，这是涉及一个人的作风，甚至是道德的事儿。用一句不好听的话来说，你是一个有案底的人，要是俺真投了你的票，而你又狗改不了吃屎性，俺那票白投不说，弄不好还会损害大伙儿的利益哩。"

牛筋老汉的话让吴德羞愧难当。吴德给牛筋老汉保证，这事儿他一定会好好想想，好好反省，好好检讨，有则改过，无则加勉。

第二天，选举大会如期在村委会举行。在大会上，吴德以一个普通群众的身份从修路致富，抓孩子的教育以及提高村民文化素质等角度进行了演讲，讲得很出彩。台下，除了牛筋老汉，大伙儿热烈地、使劲地鼓起了掌。演讲完了，吴德又补充说："昨天牛筋大叔检举说俺五年前曾拔过他几根葱。牛筋大叔检举得好，很及时。虽然是几根葱，牛筋大叔说得对，葱是小事，但这可以说明一个人的作风，甚至道德。俺羞愧得很哩。俺感谢牛筋大叔及时给俺敲响了警钟。这次不论当选与否，俺都将以此为鉴。俺请牛筋大叔原谅俺过去所作所为的同时给俺一次信任的机会，也希望大伙儿如此。要是俺当选村主任，俺将做到一心一意为大伙谋利益，绝不存私心，不谋私利，俺将时刻接受大伙的监督和批评！"

吴德刚讲完，牛筋老汉就带头鼓了掌。紧跟着，大伙儿也鼓起了掌，如雷的掌声持续了好一会儿。

从村委会出来，牛筋老汉拉住吴德说了会儿话。牛筋老汉对吴德说："拔几根葱绝对不是小事儿，但最后俺投了你的票，你的竞选演讲讲得好，讲的是真心话，掏心窝子的话，你敢于在大伙儿跟前揭自个儿的短，挖自个儿的痛，就冲这一点，俺就认定俺不会看错你！"

说完，牛筋老汉对吴德竖起了大拇指。

（发表于《百花园》2012 年第 8 期）

◀ 县长送俺一幅字

牛筋老汉的新居落成，还差最后一道工序，那就是给新居中庭镶字。村里人盖房子都要给中庭镶字。牛筋老汉也不例外。村里人房子中庭镶的字大都是"迎春""鸿禧"或"福禄"。牛筋老汉说这些字太俗气，缺少新意，不够亮堂。牛筋老汉说他的新房中庭要镶就镶县长题的字。

这话传到村主任的耳朵里，村主任心里就有了疙瘩。村里人的房子镶的字都出自村主任之手。村主任以为牛筋老汉也会来找他讨字呢。

村主任等了又等，就是不见牛筋老汉有啥动静，村主任就想，那个傻帽牛筋，犟牛筋，认死理牛筋，敢情还真是想要县长题的字？

村主任在一个凉风习习的午后来到了牛筋老汉那还待字闺中的新居。村主任问牛筋老汉说："听人说，你这屋子的中庭要镶县长题的字？"

牛筋老汉反问村主任说："这不违法吧？"

村主任说："违法倒不违法，只是你这简直是痴人说梦。县长那么忙，县长有那么多事情要处理，县长日理万机哩，哪有闲工夫搭理你这等刁民？"

牛筋老汉生气了。牛筋老汉啐了一口说："俺牛筋一不偷二不抢，不欺上不媚下，不杀人不放火，俺踏踏实实侍弄庄稼，搞副业，办酒厂，俺靠勤劳致富，俺怎么就成了刁民？俺还说你是贪官呢！"

村主任也生气了。村主任说："好你个牛筋，你不识好歹，不知天高地厚，你还想要镶县长题的字，你做白日梦去吧！你的屋子活该就这么晾着，空着，让日头晒着！你就等着别人笑话吧！"说完，村主任气鼓鼓地走了。

第二天一大早，牛筋老汉就搭乘公共汽车上了城。牛筋老汉一路问到了县政府。在县政府门口，牛筋老汉被警卫拦截了下来。警卫厉声地问牛筋老汉："干什么的？闲杂人员一律不得入内！"

牛筋老汉不屑地瞥了警卫一眼说："瞧你说的，谁是闲杂人员了？俺是闲杂人员？净扯淡！'为人民服务'这几个字这么大，这么明白，这么耀眼，俺是人民，俺就是服务的对象哩！"

趁着警卫愣神的工夫，牛筋老汉溜了进去。

县政府很大，这让牛筋老汉有些晕头转向。牛筋老汉定了定神，揉了揉太阳穴，终于摸索着找到了县长的办公室。

牛筋老汉意想不到的是县长办公室的门竟然是开着的。

县长把牛筋老汉迎进了办公室，给牛筋老汉让了座，倒了茶，又给牛筋老汉敬了一支烟，才和蔼地问牛筋老汉："大叔，您来找我有什么事？"

牛筋老汉一下子结巴起来，"没……没啥子事，俺只是想……想找您嗑……嗑叨儿。"

县长的表情一下子严肃起来。县长对牛筋老汉说："大叔，要是您没什么要紧事的话就先回家去，我手头还有一些工作要处理！"

牛筋老汉赶忙站起来说："有事儿，确实有事儿。是这么回事——俺就长话短说吧。那是三年前，县里派人到俺村里进行'一对一'扶贫工作，俺家是村里有名的贫困户，县里来的吴德同志就长期蹲点在俺家。吴德同志先是给俺家买来了 10 头猪仔和 100 只小鸡让俺来养着，搞起了家庭副业，又带俺到乡里拜师学会了酿酒，并帮俺搞起了家庭作坊式酒厂。这些年来，不仅俺家脱贫了，俺全村上下都脱贫了。这不，俺家新盖起了一幢小洋楼。俺村里盖房子都要在屋子中庭镶字，俺寻思着您能不能帮俺题几个字让俺镶在屋子中庭？"

县长乐呵地笑开来。

县长说："原来是这么回事哦，那么，大叔，您想俺帮您题什么字呢？"

牛筋老汉非常认真地说："县长，俺早就想好了，您就给俺题'党恩浩荡'四个字吧！"

县长爽快地答应下来，并立即让秘书送来纸笔，挥毫写下"党恩浩荡"四个大字，又落了款。

牛筋老汉新居落成的那天，村主任也挤在人群中，啧啧地称赞牛筋老汉屋子中庭镶的字够气派，够亮堂，够有范儿。

牛筋老汉指着落款对村主任的话说："这可是县长的亲笔题字，能不气派？能不亮堂？能不有范儿？"

村主任喃喃自语说："真不可思议，县长那么忙……"

牛筋老汉打断村主任说："县长的确是忙，这样的县长才是咱们老百姓真正的父母官哩！"

（发表于《小小说大世界》2012 年第 9 期）

◀ 父亲坐过一回火车

　　那年早春，父亲出了一趟远门，腊月才回来。至于去了哪里，父亲一直缄口不谈，父亲夸夸其谈的是他坐过一回火车的经历。他对我们说起这些经历时，他总是带着一副将军的表情，那些经历仿佛他的征战生涯中的勋章。

　　父亲说，上了火车，咱得仔细按照车票上的号码找到自己的座位，然后坐下来，不要东张西望。一下子，火车上就会上来了很多人，如果你不找好自己的座位，那么整个旅途你就只能站着一直到终点。

　　父亲说，刚坐稳，汽笛就鸣响了，火车就要开动了。忽然一声惨叫，原来车门竟然夹住了一个人，真是可怜他，来晚了一步，但是又不能误了火车，就在火车开动的那一刻跳上来了。还算幸运，他最后还是上到了车厢里来。火车开出不过十来分钟，两个穿制服的乘警会从夹道上过来，他们要检查咱手中的车票。你知道，这年头，逃票的人实在太多了，因此他们不得不挨个挨个地检查。

父亲说，天呀，火车真是一个奇异的怪物，车上不仅有厕所，还有水龙头，开水，真搞不明白，这些东西是怎么安装上去的。咱在车厢里遇到了一个年轻人，他分咱一支烟抽，那是什么烟来着？让咱想想，对，是五叶神，咱们这里没有这种烟，真是好抽，有甜丝丝的味儿，那可是咱抽到最好的香烟（父亲说这些话时，仿佛还沉醉在那美好的回忆中）。

父亲说，火车上还有餐车，有很多种类的食物，有方便面，你猜要多少钱？五块钱，咱不想买，就看着。那些方便面，真他娘的香（这时父亲咂了咂嘴）。还有白粥，米饭，猪耳朵，黄花鱼，小鸡炖蘑菇，还有豆芽炒肉丝，还有什么菜来着？总之就像是下酒馆一样丰富（父亲咽了一下口水）。咱觉得在火车上吃饭有失体面，所以咱就没吃。

父亲说，火车上的人中，骗子肯定有。他们会在吸烟间那儿，三五个地一起打纸牌猜拳，他们的穿着都十分体面，手指头上还戴着金戒指。咱走过时，他们朝咱点头微笑，让咱坐下来玩上一盘，咱没理会他们。这些骗子，真该死（父亲一脸痛恨的表情）。

父亲说，夜里睡觉的时候，咱最好把口袋里的钱拿出来放在鞋子里，要穿着鞋子睡觉，或者将鞋子垫在屁股下，时刻得警惕着，不要熟睡。咱说过了，火车上有很多骗子，搞不定还有小偷强盗什么的呢。

父亲说，最后一关出站时还得查票，那时倘若没有票就得补票，当然，不补票不可能从站口出来，搞不好还得被拖去了办公室，那里有两个凶神恶煞的乘警手持电棍盯着，不过这些都是后话。

父亲读过三年的小学，后来自学了一些字，所以父亲刻意让他的表达既通俗又不失文雅。但是，我相信，父亲所坐的那一趟火车绝对不是旅途。因为，父亲那时迫于生计而不得已走了远方。

而我所知道的是，那一趟火车，父亲没有座位，他是站着回来的；而且，那两个穿着制服的乘警走过来的时候，父亲躲进了厕所，因为父亲是逃票的人中的一员；还有，父亲说的火车上吃饭不够体面，那时父亲肯定咽了无数次口水，是因为工作了整整一年，工头没有开过工资；另外，吸烟间里的那些骗子骗走了父亲缝在贴衣口袋里的一百块钱，那时父亲这样想，或许手气好，能将工资给赢回来呢；至于补票呢，父亲当然不会补，他在办公室里和乘警对峙了三天，最后乘警不得已将父亲放了出来。

于是，父亲回家了。

（发表于《天池小小说》2007年，《青年文摘》2007年6期转载）

◀ 最后的绯闻

母亲说，你必须给我记住，你爹和黄小巧都不是好人。

母亲这话，我大抵明白是怎么回事。母亲无非是想说，你爹和黄小巧有一腿。母亲这些猜忌，并非空穴来风。黄小巧是村里的寡妇，寡妇门前自古以来是非就不少，何况黄小巧颇具姿色。

但是，我没有想到的是，这个人是我爹。

也难怪母亲醋意这般浓烈。年关还远着呢，黄小巧就说她家的烟囱堵着了，让爹去清理。母亲一万个不乐意，噘着嘴说，这村长不当也罢，鸡不见了找村长，地没人犁没人耙也找村长，这也罢了，哪有烟囱给堵了找村长的道理？还不是裤裆里那回事？

爹后脚一出门，母亲立马就拉扯我过来，走，跟着你爹，看看他们，掏完烟囱还干些什么？

我没好气地回了母亲一句，要去你自己去，我不去！

我一万个不乐意，我的灯笼正差最后一道工序，在里面安装上一个小小的红灯泡，敢情让乔老四羡慕得要死。乔老四是黄小巧的儿子，小我一岁，常拖着一把鼻涕叫我亲哥，仿佛我爹和他母亲真有那回事一样。

母亲忙掏出两元钱在手里晃着，回来，这压岁钱就是你的。

我就屁颠屁颠地去了。

乔老四蹲在他家的门槛上，也在拨弄一只灯笼。我不屑地盯着乔老四手头干瘪泛白的灯笼，我爹呢？

掏着烟囱呢。乔老四头也没有抬。

乔老四这种态度让我十分不满，但是今天我没有和他计较。我只是想知道，我爹除了掏烟囱，还干了些什么。这样，我就能拿到那两元压岁钱。

我绕到黄小巧的屋后，我见到了我爹，他正踩着梯子，专心致志地用一把竹竿通着烟囱。

我监督了一会，爹还是很专心致志地掏着烟囱。我倍觉无趣，一个恶作剧从我心底溜了出来。我装作很慌张地对爹喊，爹啊，不好啦，娘晕倒了，你得赶紧回来去啦！

爹猛地转过面来，结巴地问，你……你刚……刚说……说啥子啦？

我说，不好啦，娘晕倒了，晕倒在灶堂上啦！

爹打了一个激灵，脚下一滑，就从梯子上掉了下来。

这一跤，爹跌得真不轻。当爹被人抬到家里时，爹张着嘴，几近说不出话来了。母亲随手抓了一把鸡毛掸子，我的身上马上就起了道道渗着血迹的痕。母亲咆哮般地轰着我，我让你骗人，我让你骗人，作孽啊，我只是，只是想让你去瞧瞧，瞧你爹除了掏了烟囱还干了些什么，你怎么去骗他呢？你怎么就去骗他呢？

爹示意母亲近来，艰难地对母亲说，孩他娘，我和黄小巧真……真没……没什么，他们孤儿寡母的，需……需要人帮忙！

娘搂着爹的头，哽咽着说，我知道你们没什么，我知道的，你们真有什么的话，我还会让你去帮她掏烟囱吗？

母亲的话刚完，爹的头就低了下去。

爹和黄小巧的绯闻终于有了个了结。

（发表于《天池小小说》2011年，《微型小说选刊》2011年转载）

◀ 娘的瓦房梦

娘的肚子圆鼓鼓的，里面装满了气，随时要爆炸的样子。

娘在生爹的气。娘骂爹是怂包，是软蛋，是败家子儿。娘骂得很凶，全庄子人都能听得见娘的骂声。自始至终，爹都没有吭声，任娘骂。娘终于骂累了，爹给娘倒了一杯水，让娘润润喉。娘"哇"的一声哭出声来。娘边哭边骂："你个挨千刀的，俺上辈子欠你的来着？"

爹估计是耳根软。当然，也有可能是受到了来自上级四面八方的压力。上级号召村"两委"干部带头流转土地搭菌棚，种植食用菌。种植食用菌本来就是个新鲜事，群众信心不足，兴趣更不大，得村"两委"干部带头。爹二话不说，拿出所有积蓄就承包了五十亩土地。那笔积蓄，娘盯得可紧了。娘掂量着这笔积蓄，至少可以起三间瓦房。这样，俺们一家子就不用再蜷缩在逼仄的泥砖房里了。这三间瓦房，娘已经盘算了很长一段时间。从娘踏入俺家的门那天起，娘就思量着要住进瓦房。

更让娘生气的是，爹还把俺的学费也搭了进去。娘怂恿俺和爹闹。娘说："二娃，你必须得闹，闹得越凶越好。你爹把你的学费也挪了，你没学上了。你这辈子就得搭在这穷旮旯里了。"

俺听娘的，找爹闹。爹扬起的巴掌终究没有落下来。爹说他去找校长，学费先赊着。爹还说，学得上，不上学怎么行？

娘没有法子，只得依了爹。

不依又能怎么样？

爹的确有两下子。也就三五个月功夫，食用菌长势喜人。上级十天半月就带农技专家过来转悠一下，教爹调节菌棚温度，治菌"红粉病"，还教爹除菌管理知识。爹撕下俺一页作业本，认真地记下农技专家说的每个细节。爹的字写得扭扭歪歪，像蚯蚓，但并不妨碍爹的后期复盘。

上级非常看好爹，更看好爹种植的食用菌。上级说，如果不出意外，开春绝对有好收成。爹谦虚地说，那是上级关心到位，上级安排的农技专家指导到位的结果。

爹这人就这点好，不贪天下功为己有。

娘开心地笑得合不拢嘴，偷偷地擂了爹两记粉拳。娘眼见着三间瓦房又有了影子。

果然如上级所预估，开春后，爹种植的食用菌喜获丰收。娘悄悄地算了一笔账，刨除成本，还略有盈利。要知道，菌棚的投入可是占了大头。来年，娘碎碎念的三间瓦房可就摆在眼前了。

娘做梦都会笑醒呢。

谷雨刚过，上级就通知爹到乡里开会。娘预料怎么都是好事，上级无非是想鼓励爹要加足干劲和马力，争取来年收获更丰。娘早早就做足了准备，立志要大干快上。

爹从乡里回来时，耷拉着脑袋，一副无精打采的样子。

娘问："咋了？"

爹没有应话，蹲在地上巴拉巴拉地抽着旱烟。

娘朝爹的屁股踹了一脚。娘骂："哑巴吗？你！"

爹还是没有应话。

娘慌了，带着哭腔说："你倒是说句话呀！"

爹狠狠地吸了一口旱烟，又狠狠地把烟屎吐在地上，一口恶气从爹的嘴里和鼻腔里喷了出来。爹说："上级让俺把菌棚转出去！"

娘的两个眼珠子仿佛突出来了一样："凭啥？"说着，娘又朝爹的屁股踹了一脚："你个怂包，软蛋，你已经答应了来着？"

爹把旱烟筒掷到地上，朝娘咆哮了一句："不答应，俺还能怎么着？"

娘骂骂咧咧地朝外走去。娘不服气。娘得找上级问个明白，凭什么！

刚出门口，娘就和上级撞了个满怀。看到是上级，娘的眼神，恨不得杀了上级。上级忙拉住娘的手，劝娘说："婶子，您得消消气，可别气坏了身子。"

娘从鼻腔里"哼"了一声，吆喝俺给她找把刀。

俺看着爹，又看着娘，上级朝俺摆摆手说："小屁孩，滚一边去。"

上级的话，让俺真的想给娘找把刀，但爹把俺狠狠地瞪了回去。

上级把娘拉到一旁和娘说："婶子，俺知道您心里不舒畅。换作俺，俺心里也会不舒畅。婶子还记得当年俺们这里闹灾荒不？那时大伙儿都没有了口粮，只能用树叶充饥。聂荣臻司令员给部队下了一道训令，命令部队庄子附近的树叶碰都不能碰。为啥子呢？不与民争食。战士们宁肯饿着肚子打仗杀敌，也要给乡亲们留口饭吃。俺们党员干部，乡亲们怕担风险，不敢种植食用菌，咱党员干部就得带这个头，食用菌咱终归是种出来了，乡亲们想分杯羹，咱也得带头给乡亲们让点利，把菌棚转出去，好把食用菌产业做起来，跟革命先辈比起来，算事儿？"

娘没有作声，默默地走到爹的身旁，拉起爹说："怂包，俺去烧水给你泡个脚。"

爹顺从地跟娘进了屋。

爹进屋前，俺瞧见爹朝上级挤眉弄了个眼。

（发表于《天池小小说》2024 年第 7 期，《小小说选刊》2024 年第 6 期转载）

◀ 1988 年的春风

　　我在想，我是该站在我父亲的角度，抑或当事人的角度，来对这个故事进行叙述，才能让这个故事丰韵而又不失本真。

　　我的父亲作为这个故事的见证人之一。故事的很多细节，来源于我父亲的描述。不可否认，我父亲在对这个故事进行描述时，掺杂了较多的个人情感因素（说到激动处，他曾一度停顿或哽咽），但这并不影响故事情节的推进。

　　考虑再三，我还是像我父亲一样，以时间为顺序来叙述这个故事吧。

　　让我们的眼光回落在 1948 年。当事人——我的叔公，即我爷爷的弟弟，刚满 16 岁，他挑了一箩筐青菜到街上叫卖。那时，家里常常断炊，叔公就想做些小本生意来补贴家用。叔公挑着箩筐迎着太阳一脸朝气地走在街上叫卖时，来了两个军人。叔公还未来得及吆喝就被一个军人按住了肩，另一个则一脚踢开了箩筐，连拽带拖地将叔公拉到了军营。叔公这才知道，他被抓了壮丁。

那时，叔公是一个没有见过世面的乡村孩子。他分不清共产党国民党解放军国军；不知道当时全国的战争形势；不知道辽沈战役中解放军全歼国民党军47万人，淮海战役接着开打；不知道国民党军屡战屡败，屡败屡退，为补充兵力而大规模抓壮丁；不知道共产党已经在筹备建立新中国。穿上了军装，叔公的心底也就亮堂了起来。他一厢情愿地想，穿一年半载的军装，拿了军饷，就偷偷溜回家去，这样家里的日子就不那么艰难了。事实是，队伍不分日夜地朝南开。叔公这才慌了起来。叔公知道家在北边。这一去，只怕再也没有回头之时。叔公想逃走，但有逃走的人被抓了回来，就地正法了。叔公胆怯了，不敢再想逃跑之事，直到1949年登上了开赴台湾的舰艇。

　　基于篇幅的限制，叔公在台湾的四十年时间里所遭受的磨难，譬如饥饿，譬如禁婚，譬如因强烈思家而导致心肌梗死等，在这里统统一带而过。下面，请允许我将笔墨集中于1988年的春天——一股和煦的春风，将"允许民众赴大陆探亲"的好消息吹到了每位台湾老兵的心里。这个消息，在每位台湾老兵心里掀起了巨大的波澜，他们的心早已飞向了大陆……

　　1988年的春天，叔公沐浴着春风，终于踏上了大陆的土地。当踏上这片他朝思暮想的土地时，叔公激动得扑倒在地，他想把这片土地紧紧地拥在怀里，而后，他抓起了一把泥土装进他的毛料西装口袋。

　　叔公走在生他育他的这片土地上时，这一切是多么的熟悉，和梦里所见并没两样。那村庄，那路道，那人，虽因岁月的变迁而沧桑，但那痕迹并未完全被抹去，以一种模糊的记忆证明曾经存在的方式。我家的小院里，里里外外围满了看热闹的人们。叔公拉住了每一个人的手，和每一个人唠家常，对着他们流泪或欢笑，无论男女老少。这样的情景一直持续了三天。叔公请来了电影放映队，人们如同过年一样，屏幕前面放了无数的长条凳，女人们边嗑瓜子边聊天，男人们抽着叔公分发的烟喷着烟雾吹起了牛皮，小孩则猴一般地在屏幕下钻来钻去，调皮地举手让影子出现在屏幕上。电影放映前，叔公讲话了。叔公只是讲了四个字"我回家了"之后，哽咽得再也说不出话来，最后只好作罢。

叔公回来，完成了心底的三件愿望：一是认亲；二是给我的曾祖父母建墓，以弥补他们在生之年叔公未能尽的孝；三是到北京天安门去跪拜，虔诚地感谢改革开放的总设计师邓小平。

故事的结尾，我想补叙的是，叔公一生未娶，他在给我的曾祖父母建的墓中，预留了他的位置。

落叶归根，是每一个游子的心愿。

（发表于《南方日报》2011年，《小小说选刊》2011年16期转载）

第一辑　故乡的人和事

城里城外

◀ 戏里戏外
·····················

老广爱听戏。

老广不是一个人，是一群人，是广州人另一种称呼。

老广喜欢边呷茶边听戏。茶得慢慢品，戏也得慢慢品，有滋有味。因此，广州的戏院多设在茶楼。茶楼赚个茶钱，戏班分些辛苦费，五五开分，皆大欢喜。

时下，最有名的戏院数红都一家。

红都的顶梁柱人称老方，年过六十却声色未见沧桑，说唱念打样样在理。老广喜欢听老方的戏，愿意开红都的茶，红都的生意就格外地好。

老广的眼里，老方是个名人。

名人总是在不经意间地传出了绯闻。

老方也不例外。

老方的绯闻是老方的女弟子，今年刚满十八。

其实嘛，这早已不是秘密的秘密。戏班的人早就知道老方和女弟子之间有点那个，但没有人去点破。

老方脸皮薄，戏班的人都知道。

但不知道是谁传了出来，传到了老广的耳朵，老广就津津乐道了。

老牛嫩草，这才是吸引老广眼球的猛料。

也不知道怎么的就又传到了老方的耳朵里。按老方的想法，老方的原配应该早就知道了这个事情，原配不说而已。原配不说，老方就只有更加愧疚，更加无地自容。

老方的原配二十年前瘫痪在床，吃喝撒拉都靠老方一个人料理。

老方是个男人。是男人就有生理上的需求，原配满足不了老方，老方吃了窝边草，也是情理中的事。

可是这事说得吗？还经过了那么多人的嘴，唾沫子淹死人呐。

老方对原配说，他不想的，但他经不住诱惑，毕竟这么多年没有过那个了。

原配说，不怪老方，要怪就只能怪她自己，要不是她身体的问题无法满足老方，老方也就不会出轨了。

原配的这些话，让老方更加愧疚，更加无地自容。

老方要给原配一个交代。

老方用一根绳子了断了这些爱恨情仇。

很遗憾，一个顶梁柱说没就没了。

可是这样的事情，说了断就能了断的吗？

女弟子爱之深情之切，老方去了，她也不愿苟活于世，夜里留了一封遗书，割腕殉了老方的情。

女弟子遗书里说：愿随师父而去，照料其一生一世，无憾。

老广叹息，入戏太深呐。

老广还说，戏嘛，真真假假，假假真真，何必就当真呢？

这个事，老广谈论了好长一段时间。

没了老方，戏就有些听不下去了。但老广还是会聚集在茶楼，一边品茶一边说些家长里短。老广也说些天气或菜市场的话题，譬如最近的瘦肉精，老广就痛批了好长一段时间。

时间久了，老方就淡出了老广的视线。

一个多事的作家苏三皮闲来无事，用文字记载了这个事情。

苏三皮记录这些文字的时候，窗外传来嘶哑而凌乱的吼叫：我的爱——赤裸裸，我的爱——赤裸裸……

（发表于《小小说月刊》2009 年第 6 期）

听闻远方有风

◀ 买房记

看房是一件累人的活计，售楼小姐那温柔的陷阱让你防不胜防，而老婆的聒噪就更加烦人。问题是，没有房子就没有家，没有家又如何能心安呢？

金紫园的售楼小姐倒是十分坦诚的样子。带我们看楼的时候，她很中性地对楼盘作了介绍，甚至将楼盘一些设计方面的缺陷也告诉了我们。相比于其他售楼小姐将楼盘说得天花乱坠，我有些心动了。但是，价钱远远超出了我们的盘算。老婆捅了捅我的腋窝："就你一个破落户医生，你一辈子都别想。"说完，拉起我就走。售楼小姐急忙拦住我说："苏先生原来您是医生，正好我有些医学方面的问题想请教您，不介意我耽误您几分钟吧？"我用眼光征求老婆的意见时，她将头扭向了一旁，这大抵是默许了，我便又坐了下来。

她说她叫刘雯雯，几乎每个月都会献一次血，但最近经常头昏眼花，问我是不是因为献血导致贫血的缘故。我有些吃惊地问她："怎么可能？献血的间隔期是半年，你怎么会一个月献一次血呢？"她略带羞涩地说："我知道的，因此每次献血我都不会出示献血证，也不断地更换献血地点。"说着，她捋起了袖子，肘窝果然密密麻麻地布满了针眼。我说是不是贫血现在不好下定论，叮嘱她最好要到医院做一次血常规检查。她千恩万谢过了，又问我能不能给她留下电话号码。说着的时候，她又忙挽起我老婆的手，对我老婆说："嫂子，您千万别误会，我只是想以后碰上什么问题的时候好向苏医生请教。"伸手不打笑面人，老婆也算是默许了。

过了两天，刘雯雯果然打我电话。在电话里，刘雯雯有些着急地问我一些关于骨髓配型的问题。我忙问她，又怎么了？她说有一个叫刘晨的孩子，地中海贫血，现在躺在医院里已经奄奄一息了，她想给刘晨捐献骨髓。我吃了一惊，便劝她说，这可不是闹着玩的，你必须考虑清楚。她说已经想好了，她不忍心看着一朵娇嫩的花儿陨灭，要是她在这个现实面前无动于衷的话，那她的良心将一辈子无法安宁。一时间，我感到十分羞愧，在她的面前，我的想法以及行为甚至有些卑鄙了。但是，我还是好言劝她捐献骨髓一定要慎重，毕竟在手术过程会有一些不确定的因素。她说她无论如何也要挽救刘晨的，哪怕搭上自己的性命。说完，就挂了电话。我不禁感叹，这是怎样的一个女子，竟然将一个素不相识的人的生命看得比自己的还重，简直不可思议。

半个月后，我在一家咖啡厅见到了刘雯雯。她的脸色有点苍白，但整个人看起来神采飞扬。我问她："碰上什么好事了？"

她激动地告诉我说："与刘晨的骨髓配型成功了，这下刘晨就有希望了，过两天便进行骨髓采集。"我说："恭喜。"我又小心翼翼地问她："是否再慎重考虑一下？毕竟你现在的身体还没有完全调理好。"她狠狠地剜了我一眼说："是不是医生对死亡见得多了，心肠才会这么硬？"一时间，我竟无语。她打破了僵局，说了很多关于刘晨以及刘晨父母的事。她说刘晨十分可爱，搂着她的脖子叫她妈妈，而刘晨的母亲，那个才三十出头的女人，因为刘晨的病已愁得白发苍苍了。她羞涩地补充说，我才刚过二十岁的生日，被一个孩子叫上了妈妈，这是多么幸福的事情！而后，我们的话题自然而然地转移到了房子上。就在那一刻，我终于下定决心，签了购房合同。

回到家里，我对老婆说："我签了合同了，金紫园那套。"老婆当即跳了起来："你是不是疯了？难道你想一辈子都当房奴？你最后还是上了她的'好人计'的套了！"

我没有答老婆的话。我心里想，哪怕这是一个套，我也愿意相信其中的美好。

（发表于《羊城晚报》2012 年 4 月 8 日，《小小说选刊》2012 年第 6 期转载，入选《2011 年度微型小说选》）

◀ 理　由

结了婚的男人总有很多不回家的理由，比如小何。

结婚不足一年，小何开始对他们的婚姻产生了疲惫。小何自己也说不清，这种感觉为何来得这么快。当小何有了疲惫的感觉之后，小何就思忖着如何不回家了。

从办公室回家，走路大抵有十五分钟的路程。小何就在这十五分钟的路程上伤透了脑筋。小何盘算着如何去花费最长的时间走完这十五分钟的路程。当小何在图纸上做出各种的算计之后，小何发觉最简单而有效的一个办法就是绕着路子走。

这天下班，小何苦苦地思索着该如何拖延回家的时间。当小何的身子挤在拥挤的人群里的时候，小何对这个城市产生了一种厌恶。这种情绪在小何的心头出现时，便瞬时被拖得悠长而深刻。小何强烈地感到自己要逃离这座城市，甚至逃离这种生活。小何所看到的，只是一张张疲惫而阴沉的脸孔，没有表情，没有生气，甚至没有血色。小何知道，在别人的眼里，他也是拖着这么一张脸孔。这么一想，小何就觉得活着真是没有滋味。

经过红绿灯路口时，小何做了十分钟的犹豫而停顿。而后，小何就有了主意。小何穿过红绿灯，拐过一个路口后就故意蹩进一条偏僻的老街。走在老街青褐色的石阶上，城市的甚嚣尘上的喧闹和芜乱杂沓的人影就被小何远远地甩在了身后。小何走得很慢，步子像咀嚼一块牛肉干一样有滋有味。小何将公文包夹在肋下，十分惬意地吹起了口哨。小何就又突然觉得，日子也无非就是这样过，只是要懂得在烦乱的时候找寻一处安静的港湾。此刻，老街就是小何所要找寻的港湾。

小何的脚步就轻快了起来。经过一个爬满长青藤的四合院子的时候，一阵悠扬的钢琴声跳入了小何的耳朵。如果没有记错的话，小何就十分肯定是贝多芬的名曲《命运交响曲》。即便不怎么懂得音乐，小何还是觉得那人弹得非常好，非常悦耳，非常柔和而明丽。小何的脚步不听使唤地向四合院子走去。小何轻轻地推开木门，探入头颅，做贼一样小心翼翼地迈着步子。但是小何还是不小心地碰倒了一个废弃了的瓷罐。就在瓷罐倒地发出轻微声响的那一瞬间，钢琴声也戛然而止。也就在这一刻，小何看见了弹钢琴的是一位十分清秀的女孩，这和小何的想象十分贴切。小何就知道，能弹出这般优美的调子的人，肯定是一位清秀的女孩。

小何正要为自己的鲁莽表达歉意时，女孩先说话了。女孩说，谢谢你前来欣赏我的琴声，只是好像少了掌声吧？说完，女孩羞涩地笑了起来。小何才知道，自己除了鲁莽还忘记了最基本的礼

第二辑　城里城外

节。小何不知怎么就和女孩聊了开来。

这天，小何对女孩说了很多话。小何对女孩说，他不想回家，他折到这儿来，只是为了拖延回家的时间，小何对女孩还说了他的烦闷，比如单位里复杂的人心，比如他和新婚的妻子却无法坦诚相待，小何甚至还对女孩说了他妻子喜欢活色生香的避孕套而他却喜欢杜蕾斯的牌子，两人甚至因此而爆发了一场规模十分壮观的战争。

总之这一天，小何回到家里的时候，天已经十分十分黑了。妻子问小何到哪里去了？小何想要给妻子一个冠冕堂皇的理由，可是绞尽脑汁也想不出一个让人信服的理由来。最后，小何只好说，听人弹琴去了。妻子疑惑地问，就这么一个理由你就想打发我吗？要知道，我整整等了你三个小时。

小何无话可说。妻子却死缠不放，非得小何给出一个合理的理由不可。小何无奈，只好说是听一个女孩弹琴去了，听完，他们还聊了一会儿天。妻子又追问，除了聊天还做过什么？小何厌烦地挥挥手，说根本没有什么好说的。妻子就在阳台上流了一个晚上的泪。

第二天，妻子向小何提出了离婚。妻子说，和小何生活在一起太令人不放心了，还是离了好。

小何默默地签了字。但是小何很快就后悔，怎么那么轻易就签了字呢？总得要有一个充分的理由吧？

（发表于《百花园》2007 年）

◂ 搭 伙

　　王二在镇北二街肉铺掌柜朱屠夫的熟肉摊要了两斤猪头肉。王二钳着一根指头对那只还冒着热气的猪头比画着说，"对，对，就沿着耳根割，带上猪嘴，这块下酒才有韧性才有嚼头，嘿嘿，越嚼越有味儿呢——收摊一起喝两盅？"

　　朱屠夫颇意味深长地望了王二一眼说："不了，咱不凑那个热闹——又是在胭脂那儿搭的伙吧？"

　　王二就羞涩地笑了笑，不搭话。

　　王二提着猪头肉大步迈进胭脂的理发铺时，胭脂正在对付一块难啃的骨头。因为之前生过癞头疮的缘故，那颗头颅满是疮子痊愈后留下的痂，仿佛沙丘里的一个个沙堆，又偏偏要剃光头，这可给胭脂出了难题。胭脂记得拜师时师傅曾说过，刮破的是客人的头，丢的可是自家的脸。胭脂明白，这个脸她丢不起，丢了脸就是丢了手艺，多大件事呀。

　　胭脂紧皱着眉头，用推子小心翼翼地挑去沙丘缝隙里丛生的杂草。王二进来时，胭脂仅从镜子里剜了他一眼就又继续除草了，招呼也没打一个。王二不气也不恼。王二知道胭脂的德性，忙乎的时候不爱说话——还不是怕丢了脸。

王二自个儿搬了把椅子坐下，胭脂就在他的眼里成了一道风景。这道风景，王二咽着口水看了整整五年。五年前某个夏日，胭脂只身来到了镇上开了这家理发铺，是王二张罗租的店面。镇上有人嚼舌头，说胭脂年轻时干过那事，人老色衰没了资本，就背井离乡到镇上来，靠手艺吃饭，也想找个好人家。听着这话，王二的眼光就有些狠，凶着说话的人说："就不怕损了阴德？话能乱说的吗？小心咱剁了你的猪舌头！"

每次王二咽着口水望着胭脂的时候，胭脂从王二的眼光看出了王二的欲望。胭脂就生气了。胭脂弹着王二的脑瓜说："王二，要是你动了歪心思，咱这就走，马上就走。"王二只好咽了口水，压了欲望，不敢造次。就凭这点，王二认定胭脂不会干那种事。

胭脂可是正经的女人呢。王二想。

也不知过了多久，胭脂终于收住了手里的活计，拍拍那颗癞头，轻轻说："好了。"癞头揩了一把口水，仿佛刚才已经睡着了。癞头满意地对着镜子摸了一把已经除去了杂草的沙丘，望了胭脂一眼，付了两块钱。

胭脂说："不对，应该是三块钱才对，涨价了——何况剃的是光头呢。"

癞头不愿意多付一块钱。癞头呛了胭脂一句："你当咱的钱好赚？你咋不操老本行？就是三百块，咱也愿意付！"

这一幕，王二恰好没看在眼里。

王二突然想起还没有买醋。少了醋，猪头肉的味儿就浅了一大截。王二就蹦跶蹦跶地买醋去了。买了醋回来，王二得意地抖出了猪头肉，拌好，香气就充盈了整间理发铺。王二打了二两酒，正想喊胭脂喝两口时，却发觉胭脂眼圈红红的，仿佛受了委屈一般。

王二有些不知所措地问胭脂："咋了？胭脂，你这是咋了？"

不问还好，王二一问，胭脂的泪就像决堤的洪水，汹涌澎湃地流淌开来。王二傻傻地望着梨花带雨的胭脂，不知如何是好，嘴里吱呀吱呀地说了大半天，也说不出一句安慰的话来。

胭脂好不容易止了眼泪。胭脂对王二说："王二，咱累了，咱想家了，咱在这个地方没有个依靠，日子难呐。"

王二竟嘿嘿地笑出声来："咱还以为哪门子事呢，想家，就回家看看呗。"

胭脂望了王二一眼，眼光落在王二宽阔的肩膀上。胭脂拿起了酒杯。胭脂说："王二，今晚咱就饮个痛快，一醉方休。"

两杯酒下肚，王二咽着口水，眼光里就又有了欲望。这次，胭脂没有躲闪，也没有生气，反而深情地与王二对望着。王二从胭脂的眼光里读懂了胭脂的意思，那是应允。王二的胆子就大了起来。王二将胭脂揽在了怀里。王二的双手鳗鱼一样地在胭脂的身体游弋开来。

完事后，胭脂躺在王二的怀里。王二轻轻地捋着胭脂的头发说："胭脂，如果你没嫌弃咱，咱就给你一个依靠吧，赶明日咱们到民政局去把证给拿了。"

胭脂眼光直直地望着王二说:"可是,咱的过去……"

王二轻轻地捏了一下胭脂的耳垂:"啥破事呀?是人还不能有个过去吗?"

紧接着,胭脂的单人床就又吱吱呀呀地响了起来。

(发表于《羊城晚报》2011 年 4 月,《小小说选刊》2011 年第 11 期转载)

◀ 最后一张车票

除夕了，街道上到处弥漫着年的气味。

忙完最后一宗业务，他急急忙忙地朝火车站走去。刚给母亲打过电话，今年一定会回家过年。握着电话的母亲笑开了，仿佛很开心，像一个孩子。

在他的手伸向售票窗口时，几乎同时，一只邋遢带着汽油味的手也伸向了窗口。他抬起头，看见一张苍老的脸，领口微开，沾着绒绒的雪花，肩上背负着大包小包，让他看起来很矮小，给人仿佛经历了不少风霜的感觉。他一眼就能辨认出这是一位民工，这座城市有很多这样的人。他下意识地后退了一步。这时，售票员说，最后一张票了，你们谁要？

又几乎同时，他们的手伸向了窗口。

售票员叹了一口气，最后一张票了，你们又是同时到的，我很为难，不如这样吧，你们给我讲一个回家的理由吧，谁的理由能打动我，这张票就归谁啦。

他急急地说，把票给我，我出两倍的价钱！说完，他掏出三张百元大钞丢到了柜台上。

　　售票员严肃地瞟了他一眼，有钱了不起啊？说着，口气就又软了下来，讲一个回家的理由吧，故事也好，能够打动我的话，这票就归你啊。

　　这时，民工拍拍窗口对售票员说，同志，能借我打一个电话吗？他很大方地掏出手机说，你打吧。民工接过手机，眼里写满了感激。民工一边拨着号码一边自言自语说，这年估计又是不能回家过了，这书包孩子等得急了呢。他的心突然像被刀子剜了一下一样痛。

　　他突然心软了，他拍拍窗口对售票员说，还是把票给他吧，我不回去了。售票员狐疑地望着他，脸上掠过一丝失落。这时，民工打完电话了，将电话还给了他。他当即拨了电话回家，对母亲说，妈，我不回去了，赶不上车。母亲想说什么，他一下就将电话挂了。

　　售票员的眼光柔和起来，对他们说，都进来坐坐吧，其实还有两张票，刚才我只是想试探一下你们为什么要回家，也许听了你们的理由我会好受一些呢，她顿了顿，就在你们来之前，我唯一的儿子给我打了电话，说要陪女朋友不回来过年了，我心里很难受，他爸去世后，我都是一个人过年，年过得没滋没味。说着，售票员揩了一下眼泪。

　　他心头一酸，仿佛有泪流了出来。民工不自然地搓着手，也不知道该说些什么好。

售票员打开门走了出来，都进去坐坐吧，反正车还没来，我们就当是聊聊天啦。

走进售票室，他们顿觉暖和了许多。售票员让他们坐下，给他们各自倒了一杯热水，然后说，不过我还是很想听听你们回家的理由。

民工先说了：我五年没回家了，那时孩子刚满月，身子薄弱，他娘又没奶，没钱买奶粉，于是就出来打工了。每年都想回去陪他们母子俩，可是又心疼那一百多块的车费，就这样拖了五年。今年孩子他娘说，孩子该上学了，要我捎一个书包回去，我担心这孩子认不得我这个爸了。还好啊，今天遇上了贵人，我可以回家啦。

他抬起头，看见售票员正揩着眼泪。售票员对他点点头，示意该他说了。他顿了顿，就说开了：其实我去年就答应了母亲说要回家过年，刚好有一个工友病倒了，我送他去医院，从医院回来赶到车站，车已经开走了。后来，我跟母亲说，无论如何今年也要回家跟她一起过年呢。

售票员很感动地望着他，可是刚才你又要把票让给他？

他呷了一口水，我觉得他比我更需要这张票，他自己说了什么"这书包孩子等得急了呢"，我想，这算是他对他孩子的承诺吧。

售票员似乎不相信地问，就这么简单？

他又呷了一口水，缓缓地说，六岁那年，我爸承诺给我买一个书包当新年礼物，回来的路上，他遭遇了车祸，当我赶到医院的时候，他将书包递给了我说，哟，儿子，你看，这是我买给你的书包……他似乎还想说什么，可是上帝没有给他机会。说完，他已经泣不成声。

他们都很感伤，不知该说什么好。这时，有人拍了拍窗口。在他和民工抬起头的瞬间，售票员已经冲出去拥抱着窗外的年轻人了。他们知道，那是售票员的儿子回家过年了。

几乎同时，火车的汽笛悠扬地响了起来。他们站了起来，和售票员简单道别后，稳步地朝站台走去。在车上，他不停地想着，她的儿子怎么又回来了呢？不是说不回来了吗？

（发表于《农家女》2008 年）

◄ 想不到的事情

老八瞎转悠经过霓虹灯上闪下跳的北京路段时，一个打扮入时的青年拍了拍老八的肩膀，喂，老兄，你敢跟我打个赌吗？老八心里警惕着呢，怕是骗子不成，于是便不作理会。可是那青年不肯罢休地追着老八说，其实很简单的事儿，我就在这儿画一个圈，你站在上面，两个小时，我给你二百块。

有这等好事？老八到城里已经是第十三天了，工作还没有着落，而口袋早已干瘪得像久旱的河床了。老八这才转过面来很专注地看着那青年，青年忙掏出工作证说，其实我是研究人物心理学的，今天我只是想做一个实验。老八接过工作证装模作样地翻了翻。事实上老八不认得字，只是多了一个心眼，做做样子罢了。

青年在地面用粉笔头划了一个直径大约一米的圈。划好后青年对老八说，首先你必须知道一些规则，比如你在这两个小时里不能说话，记住，人家骂你踩你你都不能说话，还有你不能走到圈外去，如果违反了这两个规则，那我就不给你钱了。

老八不放心地问，假如你在我站立的时候跑掉了呢？

青年忙说，不会，我先付你一百块钱，我的证件你拿着，我就站在一旁看着你。站够两个小时，你过来，我给你钱你还我证件。哟，这一百块你拿着，现在，你可以站到上面去了。

老八接过钱，将信将疑地站到圈上去。

老八站了不够十分钟，就有一个买菜的大嫂经过，她上下打量了老八半天，叹了一口气，丢下五毛钱走了。老八正想拉住她解释，又想起青年说的规则，就憋着不作声了。

那五毛钱仿佛一个钓饵，不一会儿，老八跟前就聚集了一堆零碎的钱币，甚至还有好心人捡了碎石将钱币压着，怕被风吹走了。老八很感动，在这个城市十多天来，老八第一次感到切心的温暖，但老八又立即感到不安起来。怎么说，他老八不是乞讨者，他老八是有手有脚的人，可以凭力气吃饭，不至于欺骗人们的同情吧？这样想，老八就决定不和青年打赌了。

当老八抬起脚正要跨出圈外时，一块碎石头飞打在了老八的身上。老八侧身一看，原来是一个将脚缠在身子上的年轻乞丐向他发起了进攻。见他一副可怜模样，老八叹了一口气，算了。可是那年轻的乞丐没有罢休，他步步向老八逼来。老八没有想到情况会变成这样，他忙示意和他打赌的青年过来做一番解释。年轻的乞丐以为老八搬救兵，霍地站了起来，一拳将老八打倒在地上，然后席卷了圈里的钱币快快而去，还警告老八说，敢和他抢占地盘，他让老八死无葬身之地。

和老八打赌的青年显然没有想到情况会变成这样，他站在那里呆呆地看着这一切，半日才回过神来。他慌忙跑过来扶起老八，给老八擦去脸上的血迹，然后问老八要不要去医院。老八木然地摇摇头，将证件和钱还给了青年。然后，老八头也不回地走了。

老八听见，青年在身后不停地道歉说，我没有想到情况会变成这样，我真的没有想到，怎么会这样呢？

（发表于《羊城晚报》2007 年，《微型小说选刊》2007 年13 期转载）

◀ 握住你的手
·······································

　　百十余人的工地，清一色的爷们，傍晚歇了工，吃过晚饭洗过澡后就没事可做了，聚集在工棚里聊天开玩笑，说得多了，也就索然无味，干脆就用被子包着头装睡去了。离家的日子，夜就拉得悠长悠长。搂紧臭烘烘而又潮湿的被子翻过千百回身，听得远处隐隐约约传来几声鸡鸣，终于才合上了眼，出工的哨声就又响起了。

　　这样的日子真是糟蹋人。

　　骂归骂，一天二十五元的工钱却十分惹眼，所以天天也就边念叨着家人边出工了。

　　前几天栓子的媳妇刚来过，虽然仅是来了三两天，却把栓子美得像食了半个月的肥猪肉，满脸红光，连走路后脚跟也抬高了许多。栓子的媳妇来过，他就更想念媳妇了。幸福地想着媳妇，手里的反手钳一松，"砰"的一声砸在地上，工头就黑着脸走了过来，一天的工钱就没有了。幸好没有砸着人，不然一年的工钱还不够垫呢。

白白忙乎了一天，心里多少有些窝囊。吃过晚饭洗过澡后，他没有像往常一样和工友聚集在工棚里开玩笑，而是一个人去了珠江边。多么美妙的夜景呀，霓虹灯，漂亮的女人，他怎么看也看不够。而最让他自豪的是，那一栋栋辉煌的楼宇可是来自他们兄弟粗糙的双手呀。他在心里盘算着，等攒够了钱，就带着媳妇孩子一起来这里住上十天半月，告诉他们，那是他们建造的楼房，多么气派多么了不起的房子呀。想着，他就笑了。

美美地想了一通媳妇，美美地饱览了珠江的夜景，白天的晦涩就一扫而光了。他挺了挺胸膛，脚步轻快地向工地走去。这一夜，他反倒睡得十分踏实。

第二天，工地里来了一位女记者，说是要对他们兄弟的生活做跟踪报道。女记者的到来让他们都十分兴奋，尤其是他，满脸都是孩子过新年的表情。他想呀，如果家里有电视就好了，这样女人就可以看到他了，看到他所生活的城市了，看到珠江的夜景了。

女记者十分亲切，问了他们很多问题，还和他们拉起了家常。女记者带来了糖果，每人都分发了一把。他分到糖果的时候，他又想起了他的媳妇。他们结婚的时候，他的媳妇就是这样一把一把地给邻里的孩子分发糖果。他就嘿嘿地笑了，仿佛眼前的女记者就是他的媳妇。这一刻，他竟觉得自己卑鄙了，人家可是堂堂的女记者呀。这样想，他就在心里将自己狠狠地骂了一顿王八蛋。

让他想不到的是，女记者竟然走到了他的跟前并让他伸出右手。女记者在给他分发糖果的时候，发现他的右手有一块伤口，正流着鲜血，而他却不在意似的。在工地，难免磕磕碰碰的，一点皮外伤算什么呀？可是女记者十分心疼，几乎要掉眼泪了。女记者掏出随身携带的创可贴，轻轻地将他的伤口贴好了，又细声地叮嘱他，下工后要将伤口洗干净，换上一块干净的创可贴，这样伤口就不会感染了。女记者细腻的手碰及他粗糙的手时，他完全陶醉在了一种莫名的幸福里。当女记者贴好了抽回手的那一刻，他瞬时落入了深深的失落。这时候，他才发现，工友都在吃吃地望着他笑。他的脸霎时红到了耳根。

女记者要走了。告别的时候，他不知道从哪里来了勇气，一把窜到女记者跟前，红着脸说，咱可以握握您的手吗？女记者愣了一下。他慌忙解释说，咱没有恶意，咱只是想好好谢谢您，可是咱又不知道怎么谢您……

他的话还没有说话，女记者就紧紧地握住了他的手，十分有力。

（发表于《语文导刊》2007年，《微型小说选刊》2007年第18期转载）

◆ 1976 年的红酒

烈日的光辉还未有收息的意思，黄昏刚露出些许苗头，麻叔就在自家的院落里摆上了一张八仙桌，搬了一张小板凳，准备喝上两壶。酒是自家酿的米酒，菜嘛，麻叔一向不怎么讲究，一块饼干一把花生也能让一瓶米酒见了底。当然，有个猪蹄子或者牛百叶什么的，那敢情最好不过了。不过，乡里人喝酒一向不怎么讲究，有酒喝就行了。

麻叔正喝得起劲，柴门外就响起了铿锵的脚步声。那是皮鞋的声音，清脆而又韵味悠长。

麻叔就知道，那是小三回来了。

大学毕业，靠着一竿好笔头，小三在县委捞了一份差事，至于是何等官位竟也没人说得清，倘若问得仔细了，小三就说，混呗。一句话更加让人觉得他高深莫测，定是大有来头了。于是不时就有人找上门来，央求麻叔找小三说说情给行个方便。麻叔软心肠，常是二话不说应下了。通常，乡下人也没有什么大不了的事儿，无非就是起草一份合同，又或者是签个契约什么的，这些，对于小三来说，自然不在话下。

小三搬个板凳挨着麻叔坐下，掀着酒瓶子说，爹，有好酒，咱爷俩喝上一壶子？

听说有好酒，麻叔两眼立马放出幽蓝幽蓝的光，让人想到，在草原的夜晚，狼的眼睛不过如此。麻叔说，有好酒，那还不快拿出来？存心让你爹等吗？见爹这般猴急，小三就笑开了。

小三说，爹，这酒可是1976年的红酒呢，是我们县长喝的，我和县长有交情才挪得一瓶呢。

麻叔啧啧嘴说，那你就当县长去，让爹天天有这酒喝。

小三就笑，那意思也是没有不可能。

爷俩正喝着，恰好二狗来串门。见小三也在，自然十分欢喜，不用招呼，也就自己搬个板凳坐了下来。二狗边坐边讨好地问，三爷几时到的呢？也不提早说一声，好让我去接你呀。说着，拿起一只翠花瓷碗就要倒那瓶1976年的红酒。麻叔忙伸手护住，口气很生硬地说，二狗，这酒你喝不得，你知不知道？这可是1976年的红酒，县长喝的呢。

二狗被呛了一下，不过他很快就吃定下来。二狗嘻嘻哈哈地说，哟，那敢情是好酒呀，咱一辈子脸朝黄土哪喝得上这等好酒呢？还是托三爷的福呀！说着，撇开麻叔的手就满满地倒了一大碗。

麻叔心疼得肠子都青了，不过他还是将火气压了下来，乡里乡亲的，怕是传出去吃不消呢。

喝着，二狗说，三爷，正想找你呢，也刚好你就回来了。有个事儿得求你帮忙呢。

小三说，什么事？说吧。

二狗就说，前阵子到县城卖猪肉，不料被工商抓了，没收了猪肉和秤砣不说，还罚款了四千多元呢。三爷你说，这钱，花得多冤枉呢。

小三不大相信地问，有这么回事？

二狗说，不然我也不求上门来了。

麻叔这时发话了。麻叔说，二狗，四千余元是吧？

二狗点点头。

麻叔又说，二狗，这社会兴讲回扣，那么，你打算给小三多少回扣呢？麻叔说这话时呼着酒气，两眼直直地盯着二狗。

小三用脚蹭了麻叔一下。

麻叔没有理会，继续说，有酒也行，不过得像这样的酒，1976年的红酒，多买两瓶也无所谓。这酒，有劲儿。

听了这话，二狗悻悻地走了。

小三嗔怪麻叔说，爹，你也真是的，乡里乡亲的，说钱说回扣什么的多伤感情呀！

麻叔睨了小三一眼说，是呀，二狗卖注水猪肉就不怕伤感情呢。

（发表于《百花园》2007年）

◀ 谁看不见星空

在一场意外中，张光明永远失去了光明。

我和张光明是邻居，也是同学。在他失去光明之前，我和他十分要好。我们一起上学，一起到河里游泳，一起爬树捉知了……几乎形影不离。张光明爬树的技术比任何猴子都强，再直的树，他"嗖"的一下就能爬上去。这让我十分羡慕和崇拜。

张光明的眼睛看不见后，他的性情变得十分古怪。他把自己关在房间里，不愿意见任何人。我听他的妈妈说，就连吃饭也都是他妈妈送到他房间门口，在确定他妈妈走开后，他才会过来把饭菜拿走。张光明妈妈带着哭腔对我说，李小军，你是张光明最好的小伙伴，你有空就过来找他玩，开导一下他吧。

我没有立即答应张光明的妈妈。我的确是张光明最要好的朋友，不过，那是在他还没有成为瞎子之前。现在，我对张光明充满恐惧。我害怕看到张光明的眼睛。据说瞎子的眼睛是空洞的，就像黑窟窿一样。这么一想，我就全身起满了鸡皮疙瘩。

但是，经不住张光明妈妈的软磨硬泡，我只好答应她去探望张光明。

我小心翼翼地敲门，告诉张光明我是他最要好的小伙伴李小军。有点出乎我的意料，张光明竟然开门同意我进入了他的房间。张光明戴着一副墨镜，我看不到他的眼睛。我的恐惧顿时就少了一半。

我想和张光明说些学校里的事，或者说些往事，但是我担心我说的这些都有可能刺激到他，便哑巴一样开不了口。我们沉默了很长一段时间，倒是张光明先开了口。

张光明愤愤不平地对我说，我知道你们现在怎么看我，你们看不起我，还把我当成怪物。张光明顿了顿，又说，不过我不怪你们。张光明还说，其实我现在很好，大家都以为我是瞎子，其实我什么都看得见。

张光明说这些话的时候，他的嘴角浮现了一丝不易觉察的笑容。我心里想，这次打击对张光明着实大，他都开始说胡话了。张光明冷笑一声对我说，我知道你现在根本不会相信我说的话，你甚至在想我的脑子出了毛病，但是总会有一天，你会相信我说的是真的。

因为没那么恐惧，我和张光明的第一次见面还算愉快。虽然我心里不相信张光明说的话，但这并不影响我和张光明的聊天。那天，基本上是张光明在说，我在听。我从张光明房间离开的时候，张光明还走出门口送我。张光明对我说："你明天放学，还可以过来。"

张光明妈妈对我充满了感激，她悄悄地给我塞了一块钱。我知道这是她给我的酬劳，也就受之无愧地放进了口袋，然后答应她，明天放学我还会再过来。

和张光明接触过几次之后，我对他的恐惧完全消除了，而他对我的戒备也完全消除了。他甚至邀约我一起到楼顶看星星。以前，我经常和张光明并排躺在楼顶看星星。我犹豫了一下，攥住张光明的手就要出门。张光明甩开了我的手，有些不满地说，你用不着攥着我，我真看得见。说着，张光明就出了门。上楼梯的时候，他不用扶着扶手，噌噌地上去了。我吃惊得嘴巴张成了O型。

　　我紧紧地跟着张光明上了楼顶，张光明拉着我并排躺了下来。张光明说，哎呀，有一年多没看过星星了，星空还是那么美。

　　我不可置信地望着张光明，你真看得见星空？

　　张光明没好气地说，我怎么可能会骗你？他伸手指着北斗七星说，你看，天枢星正发出金子一样耀眼的光芒，天枢星左下方的天璇星像蓝宝石一样，但是它的光黯淡了一点。张光明还准确地说出了天玑星、天权星、玉衡星、开阳星和瑶光星的位置和光亮。我的嘴巴再次张成了O形。

　　那一刻，我真的相信张光明能看得见灿烂的星空。

　　回到学校，我和吴大勇说了张光明可以看得见的事。吴大勇一点都不相信我说的话。吴大勇和我打了一个赌。吴大勇说，要是张光明真能看得见，他就把自己的眼睛也戳瞎，要是张光明看不见，就得赔他100颗七彩珠子。

　　每次去看张光明，他妈妈都会给我一块钱，这些钱买100颗七彩珠子绰绰有余。于是，我应下了吴大勇的赌约。

　　我和张光明说，吴大勇不相信他能看得见星空，还告诉他我和吴大勇打赌的事。张光明沉默了好一会儿，然后问我，吴大勇要怎么样才能相信？

我告诉张光明，吴大勇要亲自验证过才相信。

张光明犹豫了一下说，好吧。

第二天放学后，我和吴大勇走到张光明家楼下，大声地喊张光明下来。张光明"嗖"地从楼下飞奔下来。我得意扬扬地对吴大勇说，你看到了吧？张光明完全不用看路。

吴大勇"哼"了一声，从口袋里掏出一颗七彩珠子。吴大勇对张光明说，张光明，你告诉我，珠子里面依次是什么颜色？

张光明接过七彩珠子，用大拇指和无名指捏住，举到额头上方，对着即将落山的夕阳仔细辨认。张光明说，是一颗七彩珠子，光谱的颜色依次是红、橙、黄、绿、蓝、靛、紫。

吴大勇的嘴巴张成了O形，悻悻地说，好吧，我认输。

我递给吴大勇一枚针，对吴大勇说，你自己说的，如果张光明真能看得见，你就戳瞎自己的眼睛，来吧，愿赌服输。

张光明一把抓住我的手说，不能这样，李小军，你疯了吗？

我吃惊地望着张光明，一字一句地说，我可没有疯，我和他打了赌，愿赌服输。

不，不能这样，我不想他也……也像我这样……说着，张光明竟然哭了出来。

（发表于《小小说月刊》2023年第7期，《小小说选刊》2023年9期、《故事会》2023年第10期（下）、《中学生阅读》2023年第10期转载）

◀ 外 衣

  秘书小王一大早给经理李小波送文件时，发现李小波横卧在地上。小王以为经理睡着了，便推了两推，准备扶他到沙发上。小王发现不对劲，经理睡觉从来没有这样死过，于是伸出两个手指在经理鼻口探了探，立即杀猪般嚎叫起来。

  不一会儿，来了一肥一瘦两个警察和一个法医，他们立即用白布将现场封锁了。瘦警察检查现场，法医检查尸体，肥警察带小王到另外一间办公室进行例行问话。小王对肥警察的问题一一作答，只是当肥警察问到经理昨晚跟谁在一起时，小王答不上来。小王真的不知道经理跟谁在一起，昨晚他和经理在月亮岛酒吧喝过酒后，经理就打发小王先走了。

  小王想了又想说，可能有一个人知道。

  肥警察立即问，谁？

  酒吧妹，如花，在月亮岛推销啤酒。

  肥警察示意小王继续，这时法医走了进来。法医说，死者死亡时间大约为夜里一点，生前曾有过性行为，内裤上有精斑，从死者的手机通话记录中发现，凌晨十二点二十一分，死者和一个名叫如花的人通过电话，通话记录长达四十一分钟，还有，从抽屉里我们发现了一本账本。法医将账本递给肥警察，肥警察眉头皱了一下。

肥警察转过头问小王，你知道死者和如花是什么关系吗？

小王摇摇头说，他们认识还没多久，但是每天下班经理都会带着我到月亮岛酒吧喝酒，如花有时陪我们喝酒而已。

肥警察示意小王先退下去，但不准离开以便随时传唤，然后肥警察和法医咕噜了几句，小王听不清楚他们在咕噜些什么。

大约过了一个小时，如花被带到了现场。肥警察问，叫什么名字？

如花眼里噙着泪水，哽咽着说，如花。

肥警察又问，和死者什么关系？

父女。

肥警察仿佛被电击了一般，父女？

如花点了点头，从口袋里掏出一张化验单递给肥警察。肥警察仔细一看，那是一张亲子鉴定的报告单，检验日期前日早上九点。

肥警察寻思一下，又问道，昨晚你在哪里？我是说夜里十二点到早上七点的时候。

如花拂起袖子擦了一下眼泪，和父亲讲完电话我就睡了，直到你们传唤我才醒来。

谁能证明？

他。如花指了指尸体。

他？肥警察疑惑地问，怎么证明？

解剖尸体，他有心脏病。

哦，你怎么知道的？

那天我和他去医院验血，如花扬了扬手里的化验单，也就是做亲子鉴定，他告诉我他有心脏病。

肥警察神情突然严肃起来，你确定你所说的都是实话？

如花点点头。

肥警察掏出手铐铐住了如花的双手，让我告诉你真相好吗？你们是不是父女的关系我不知道，但化验单没有医师的签名，这是其一，其二，他死于心脏病不假，只是你说谎的技术还不到家。你其实是一个声讯台的小姐，昨晚你和他通电话的时候，故意让他手淫，然后让他在高潮的时候心肌梗死死去了……

肥警察还没说完，如花豆大的汗珠滴了下来，结巴地问，你，你是怎么知道的？

你确实很聪明，可是你用的是声讯台的电话。

如花的脸立即黑得像死猪。

小王疑惑地问，可是她明明在月亮岛推销啤酒的呀。肥警察严肃地望了小王一眼，那只是一件外衣，外衣，你懂吗？你们经理贪污的事你还不知道吧？

（发表于《羊城晚报》2006 年 12 月，《微型小说选刊》2007 年第 2 期转载）

◀ 秋　天

孩子今年八岁了。八岁，应该是上学的年龄了，可是孩子没有学上。孩子的爸妈为了生计，仿佛觅食的小鸟每天都早出晚归，他们没暇顾及孩子。他们每天一早出去前，总会给孩子准备好一天的饭菜，让孩子自己吃饭，自己睡觉，自己玩耍。他们还告诫孩子说，千万别到外面去玩耍，外面的坏人多着呢。当然，每天出门前，孩子的爸妈没有忘记将铁门吭当地锁上。

孩子哭过，闹过，但是孩子也只能哭给自己听，闹给自己看。无数个夜晚，孩子都是拖着两行长长的泪痕睡着了，孩子的爸妈才会回到家里。被关在屋子里的孩子没有朋友，更没有玩伴。孩子有一只布娃娃，生日那时妈妈送的。布娃娃是孩子唯一的朋友，也是唯一的玩伴。孩子有什么心事都会对布娃娃说。比如，孩子对布娃娃说，布娃娃你怎么不是长江七号呢？要是你是长江七号就好了，这样你就可以用你超人的力量保护着我带我出去玩耍啦。又比如，孩子说，布娃娃，我想上学呀……

孩子是孤独的。孤独的孩子对屋子以外的世界畏惧着的同时又充满着无比的好奇。孩子期待着有这么一天，他能走出屋子。孩子知道，屋子外面有含羞草，有蝈蝈，有各种各样的植物和动物。这些东西对于孩子来说绝对是一个无法拒绝的诱惑。

　　果真有这么一天，孩子的爸妈出门时忘记给铁门上锁了。孩子兴奋极了，仿佛一只出笼的小鸟，"嗖"地飞向了蔚蓝的天空。

　　从家里出来，孩子沿着柏油路向前走去。路上的车辆寥寥可数，行人也寥寥可数。偶尔会遇上一两个人，他们会对孩子投去惊奇的眼光，甚至有一个人对孩子吆喝说："谁家的孩子？"孩子不作理会。孩子想起了爸妈的话。孩子惧怕坏人。

　　孩子走在柏油路上时，也走在了秋天里。但是，孩子没有季节的概念，孩子只知道冬天会冷，夏天会热，不知道秋天竟然会是一片洁白的颜色。秋天的洁白，是因为河边那漫天飞舞的芦苇。当那铺天盖地的芦苇挡住了孩子的去路时，孩子醉了。孩子恣情地张开了双臂，想将浩荡的芦苇拥抱在怀里。

　　当孩子陶醉在芦苇的海洋里时，"一、二、三、四"激荡的呼号声从河的对岸传到了孩子的耳朵里。孩子很好奇。孩子就想蹚过河去，看看河对岸的呼号声是怎么回事。孩子深一脚浅一脚地踩在河水里，孩子瘦小的身躯很快就被河水淹没了……

　　孩子醒来时，发现自己躺在了一个穿着橄榄绿军装的叔叔怀里。他们的身边，还围着一群穿同样橄榄绿军装的叔叔。见孩子醒来了，他们不禁欢呼起来："孩子醒了，终于醒过来了！"孩子看到，一个叔叔正激动地揩着眼泪。

孩子不知道，当他走进芦苇丛的时候，他就走进了哨楼上那个来回巡视的橄榄绿军装叔叔的视野，孩子向河里走去的时候，他大呼一声"危险"便从哨楼上飞奔下来。然后，孩子得救了。

这一天，孩子和一群穿橄榄绿军装的叔叔交上了朋友。这群橄榄绿军装的叔叔为孩子做了一架风车，给孩子捕捉了一只蝈蝈，和孩子玩了一场游戏，然后，他们将孩子送回了孩子的家。

这一天晚上，孩子的爸妈回到家里时，孩子像往常一样睡着了。孩子的爸妈惊奇地发现，孩子的床头放在一架风车，一只蝈蝈在床脚旁正叫得欢畅，而孩子的脸颊上不再拖着两行长长的泪痕，取而代之的是恬静而安详的微笑。

（发表于《小说界》2015 年第 6 期）

◀ 18 号界碑

白映秋发觉张光明挺小气，为一句不经意的玩笑，搞出那么大动静来。

也不知道白映秋搭错了哪条神经，突然没头没脑地对张光明咆哮了一句，你能不能正儿八经地像个男人？

白映秋话音刚落，张光明整个人瞬时愣住了，脸苍白得像一张纸，好半天说不出一句话来。这句话像一把锋利的刀子，深深地插入了张光明的心脏。几乎那么一瞬间，张光明听见心脏碎裂的声音。那声音沉沉的，像一记闷雷。

当眼光落在足球场那幅巨幅征兵海报上时，张光明整个人瞬时就又仿佛沐浴在了春风里。军营！对，就是军营！张光明要把自己变成一个阳刚、坚韧、钢铁般的男人，再也没有比军营更合适的载体了。

几乎不作任何犹豫，张光明就到学校保卫处报了名。

顺利通过初检初审、体检政考和走访调查等环节，张光明披红戴花地坐上了专列。靠在车窗上,张光明望见白映秋追着火车跑了很长一段路。张光明内心五味杂陈,有一丝离别的伤感又夹带着报复般的快感。

火车一路向北,穿越大巴山到达宝鸡后,扭头转向西行,河西走廊、祁连雪峰、丝绸古道、嘉峪关、星星峡、巍巍天山……第一次如此近距离地领略祖国的壮美山河,张光明内心不禁被自豪感填满。这不正是自己内心一直渴望的诗和远方吗?张光明清晰地感觉到心脏的伤口开始愈合,他不禁暗自庆幸自己的选择。

新兵下连,张光明被分到了距离边境线不足百里的连队。连队中士李子华告诉张光明,连队的职责是守护18号界碑。李子华还说,可别小看一块小小的界碑,它宣示着祖国的主权,守护界碑就是军人的使命和荣光。

李子华说这些话时,张光明对界碑的理解还很模糊。但是随着时间推移,张光明听了越来越多关于戍边军人以及边民守护18号界碑的故事,18号界碑在他的心底就越发神圣起来。

李子华多次参加过联合武装巡逻。他告诉张光明,当迎着刺骨寒风,穿越山谷、冰河、雪原,终于抵达18号界碑,看到刻有"中国"两个大字的界碑,那一瞬间他不由自主地热泪盈眶。他热切地抚摸着界碑,仿佛在抚摸着自己的亲人一般。那一刻,他强烈地感受到他和祖国心心相印,他的脚下就是无比伟大的祖国。李子华还说,只有站在界碑跟前,你才能有这样的感觉。

张光明还认识了一个老边民。老边民已经八十多岁。新中国成立那年,老边民刚十三岁。从那时开始,老边民就跟在父亲屁股后面守边，已经守了将近七十年。那天在哨所，老人告诉张光明，只要还有一口气在，他就会一直守护18号界碑，要是不在了，就让他的儿女继续守护18号界碑。说到18号界碑时，原本消瘦得有些佝偻的老人瞬时挺直了腰板，眼里闪烁着耀眼的光芒。

这些故事，让张光明热血沸腾，他恨不得立即就加入巡逻队伍，恨不得就站在18号界碑跟前。但作为新兵，张光明还不能参加巡逻队伍，他得先通过三个月的适应期训练才能参加联合武装巡逻。

三个月适应期训练结束后，张光明终于可以参加联合武装巡逻了，他第一时间报了名。按照连队以老带新的惯例，连队安排了李子华带张光明。当巡逻车驰骋在蜿蜒的边防公路上，望着窗外远处云雾缭绕的边境山峦，张光明不禁想起了白映秋。刚下到连队那时，白映秋曾苦苦哀求张光明回心转意，甚至给张光明下了最后通牒，在她和当兵之间张光明只能选一个。张光明不作回复，心底苦涩得很，那段刻骨铭心的恋情怕是再也回不去了。

巡逻车在一个山头停了下来。18号界碑就在山头的另一边，巡逻车开不过去，剩下的路，张光明和李子华就只能步行过去。实际上并没有路，半人高的积雪已经把路给抹掉了，一脚下去，积雪就淹没到了大腿根。张光明和李子华用背包绳把他们系在了一起，然后手拉着手，一步步艰难地往山上腾挪。

凌厉的山风从张光明的耳畔呼啸而过，他的手脚麻木了，身体开始不听使唤起来。李子华提议张光明歇一歇，张光明倔强地说，不，不能歇。

再艰难的路，我也会坚定地走到底。张光明在心里暗暗给自己打气。

终于，18号界碑出现在了视线里。果然如李子华所说，那一刻，泪水模糊了张光明的双眼。

张光明笔直地站在18号界碑前，让李子华帮忙拍了全身照。张光明挑出一张最满意的照片，在照片右下角添加了一行字：我站立的脚下，就是我伟大的祖国。张光明把照片发给了白映秋，然后立正，"啪"地向18号界碑敬了个标准的军礼。

（发表于《湛江日报》2023年1月15日，《小小说选刊》2023年3期转载）

第二辑　城里城外

◀ 永远的白杨树

　　张光明喜欢唱歌。唱新疆民歌。

　　张光明的歌唱得真是好，尤其是王洛宾那首《在那遥远的地方》，他唱得和原唱一模一样。

　　张光明听说，部队里处处有歌声。战士们起床唱歌，列队也唱歌，出操唱歌，吃饭也唱歌，甚至就寝前还在唱歌。张光明心里想，处处有歌声的地方，那一定是一个很美丽的地方。

　　于是，张光明披绶戴花地坐上了绿皮火车。

　　绿皮火车一路向北，穿越大巴山抵达宝鸡后，扭头转向西行，河西走廊、祁连雪峰、丝绸古道、嘉峪关、星星峡、巍巍天山从窗外从眼前一一掠过。快到达目的地时，张光明被惊艳到了，那一排排挺立的白杨树，不正是他内心一直渴望着的诗和远方吗？

　　从绿皮火车上下来，张光明心里还无比兴奋激动。但是，转身爬上东风牌汽车，随着东风牌汽车轰轰前行，风沙越来越大，张光明心底的兴奋激动逐渐被失落所取代，越发沉重起来。风沙像是石灰燃烧过后冒出的浓烟，笼罩了前方。张光明心里嘀咕道："就这么个鸟不拉屎的地方，哪来的美好呢？"

营房坐落在戈壁滩上。望不到边的戈壁滩，让张光明第一次认识到了什么叫无边无际的荒凉。张光明曾在一名退伍老兵的回忆录里读到过这么一句话，"白天兵看兵，晚上数星星"。那时张光明还想，还挺浪漫的嘛。的确是，戈壁滩的天空低得很，星星仿佛伸手可摘。只是，张光明似乎低估了这种炼狱般的浪漫。

作为南方人，张光明第一次见到这么大的风沙。有和张光明一道入伍的新兵告诉张光明说，听说这里的风一年只刮一场，一场风从春天刮到了冬天，中途不打烊。张光明只道是一句开玩笑的话，却不料竟是真实写照。

在绿皮火车北上的途中，张光明曾暗暗给自己鼓劲，站岗时，就让自己站成一棵挺直的白杨树，不给自己丢脸，不给学校丢脸，更不能给老家的父老乡亲们丢脸。

可是第一次站岗，风沙就给张光明来了一次下马威。风撩拨着沙粒，啪啪地打在张光明的脸上。不大一会儿工夫，张光明的眼里、嘴里、耳朵和鼻翼上全是沙粒。张光明那张白净的脸像是患了花斑癣，生疼、瘙痒不已却又挠不得。一班岗下来，沙粒埋到了张光明的脚肚子，作训帽被厚厚一层沙粒覆盖住，轻轻一抖就"簌簌"往下掉。

风沙遮住了张光明的视线，不远处的白杨树模糊得像大漠的孤烟。

回到驻地，张光明默默地解下武装带，啪的一声丢在了床角。

张光明直挺挺地躺在床上，澡也没有洗。他一动也不想动，那些在他声带里涌动的歌曲，仿佛被关掉了唱片机，再也唱不出来。

班长轻轻地摇了摇张光明问他："你怎么了？给兄弟们来一首《在那遥远的地方》，怎么样？"

张光明病蔫蔫地回了班长一句："不怎么样！"

班长盯着张光明看了一会，眼光逐渐被温和取代。班长默默地给张光明打来一盆清水。班长说："你洗把脸吧，看你那脸，猫挠似的。"张光明没有动，也没有应班长的话，他知道自己内心那棵挺立的白杨树，已经被抽了根，蔫了。

班长放下清水，挨着床沿坐了下来。班长轻轻地叹了一口气，良久，他才对张光明说："光明啊，你知道新疆民歌的特点吗？新疆民歌唱的都是咱们现实生活中没有的美好。新疆民歌唱出了咱战士们的心声呀，美好的生活，得靠咱们双手去创造呐！"

张光明嘴角动了动，没有说话。

班长拍了拍张光明的肩膀说："没有什么大不了，不就是还没有习惯嘛？你迟早会爱上这里的。来吧，你唱一个，就唱《小白杨》，大伙儿给光明兄弟鼓鼓劲，好不好？"

张光明侧了一下身，留给班长一个光溜溜的脊背。

班长摇了摇头，重重地叹了一口气。

第二天，出操归来，班长让张光明戴好武装带，他要亲自带张光明站岗。

风沙依然汹涌，啪啪地打在班长和张光明的脸上。几次转过脸，张光明看见班长站得笔直，像一棵挺拔的钻天杨。那几句挂在嘴角的话，硬生生地被憋回了张光明的肚子里。

站完岗，班长带张光明闯入一片杨树林。张光明惊讶地看到，每一棵杨树下面，都立着一块碑。

班长在一块碑前站住，一只手搭着杨树的枝干，神情凝重地对张光明说："给你讲个故事吧，是关于独库公路的故事。独库公路全长560多公里，修建于1974年，1983年建成通车，其中三分之一是悬崖绝壁，五分之一处于高山永冻层。咱们解放军修建独库公路的时候，每三公里处就牺牲了一名战士。当地的老百姓为了纪念他们，在每一座坟前都种植了一棵白杨树。这片杨树林一共有168棵，代表的是长眠在这里的168名解放军战士。"

放眼望去，那168棵钻天杨，站得笔直，仿佛列队等待出征的战士。

张光明默不作声，两行清泪沿着他清瘦的脸颊砸落在地面上。

第二天，原本轮休的张光明，主动把站岗的战士换了下来。当风沙呼啸着砸在张光明的脸上时，他拉了拉束腰，挺直了后背。张光明听到心里有个声音在呼喊："让风沙来得更猛烈一些吧！让风沙来得更猛烈一些吧！"

（发表于《小小说月刊》2023年第12期）

◀ 猴子救兵

吴有德脱逃了。整整五天，音讯全无。一个大活人，就这么从人世间消失了，仿佛一颗石块落入了西太平洋，除了溅起一圈浪花，就湮没在了滔天波浪中。

但李日光相信，总会留下些蛛丝马迹的。一个大活人不可能就这么凭空消失了。

李日光胡子拉碴，那双熊猫眼更加突出了，里头没有半点儿光，身上的作训服连着穿了好几天，散发出一股馊味，远远就能闻得见。这几天来，李日光真的焦头烂额。这边刚被支队长训斥完，局领导又来了电话，限定李日光两日之内，哪怕是掘地三尺，也得把吴有德给挖出来。后面的话就有点难听了，要是找不出来，就自个儿进去吧……

犯罪嫌疑人脱逃，这可不是什么小事儿。那天李日光着实大意了。他原本做了周密的安排，但那天和李日光搭档的是个新来的同志，并没有经历过真正意义上的押解。恰好李日光肚子不合时宜地痛起来，刻不容缓地要上厕所。李日光边解裤带边开车门，还不忘大声叮嘱那新来的同志要看牢看紧吴有德，话音没落就没有了影儿。待李日光舒服完从厕所出来，警车里空寥寥的，人影儿也没有一个。

李日光知道，坏事了。李日光巴掌都已经扬起来了，又控制住放了下来，嘴里狠狠地丢出一句，饭桶！真他妈的十足饭桶！李日光沿着新来的同志指向的方向追了半个来小时，直到跑不动了，累趴在地上像一条被甩在岸上的鱼不停地喘着粗气，这才气馁。

不得已，只好边喘着粗气边拿起电话断断续续地向大队长报告了犯罪嫌疑人脱逃的事。

支队长撂了狠话，活要见人，死要见尸。不过李日光相信，吴有德不可能死的。他舍不得死。要是舍得死，他就不会脱逃了。更何况，吴有德还有五只嗷嗷待哺的"化骨龙"。

吴有德不可能回家的。吴有德的家，当天就安排荷枪实弹的武警在值守了。但想到吴有德那五只"化骨龙"，李日光又不自觉地去了吴有德的家。那天李日光带着身边几个兄弟破门而入，着实吓坏了孩子。孩子不明所以，也没见过这么大阵势，吓得瑟瑟发抖，蜷缩成了一团。

路过母婴店，李日光顺带捎了两罐奶粉和两袋尿不湿。李日光听值守的中队长说，吴有德的妻子在电话里和小姨子哭诉，说家里没有奶粉了，孩子饿得呱呱叫，尿不湿也用完了等。除了这些，李日光还听说，当时孩子真的被吓着了，一连几天都不敢回学校去。这可要不得。大人是大人，孩子是孩子。大人犯的罪，罪不及孩子。一码事归一码事。孩子得回学校去。这么想，李日光顺带叫上了学校的老师。

从吴有德家出来，李日光又马不停蹄地回所里查看监控。查看监控是他们公安干警的惯常做法，大多数案件的侦破，天眼发挥了不可或缺的作用。李日光想着，把那个时段的所有视频监控查看完，也许不经意间就发现吴有德的身影了。

凌晨时分，值守中队长打来电话，说听到吴有德家传来轻微的啜泣声，断断续续，像是呻吟但又不完全像。李日光顿了顿，喊来新来的同志，披上作训服，就又出了门……

事后，医生说，幸好送来得及时，要是再晚半个小时，病人的阑尾就会穿孔，就会大出血，那后果真不敢想象。说完，医生又强调了一下，后果真的不敢想象。

也就那么凑巧。据吴有德说，那天晚上他的左眼皮一直跳，跳得可厉害了，一直跳个不停。他料想会有不好的事情发生。实在忍不住了，他才给妻子打了电话。在电话里，妻子告诉吴有德孩子病了，病得很重，但给抢救回来了。妻子又说，多亏了李所长。妻子劝吴有德自首。妻子和吴有德说，孩子的命是李所长给的，你就回来自首吧，别再为难人家了。

吴有德归案后，李日光常常会想起那个夜晚。那个晚上应该是正月十五的前夜，李日光清楚地记得当时星稀月明，照得地面亮堂堂的。年还没过完的缘故，鞭炮声此起彼伏，偶尔跃起几朵璀璨的烟花，稍纵即逝。李日光和新来的同志去吴有德家时，甚至不用打手电筒。虽然那时候他的眼睛几乎快睁不开了，但他还是坚定地要去吴有德家看一看。万一再发生点什么事，那就不好交代了。他内心单纯地这么想。李日光也有点后怕，幸好当时就去了，那可是一条人命呐！

李日光又想起把孩子抱上警车时，孩子问李日光，你是猴子派来的救兵吗？

李日光犹豫了一下，点点头说，是的，我是猴子派来的救兵。

李日光记得，孩子的脸，异常白皙。

（发表于《湛江文学》2023 年第 5 期，《民间故事选刊》2023 年 11 期、《微型小说选刊》2023 年第 12 期、《传奇·传记文学选刊》2024 年第 2 期转载）

◀ 他的爸爸是钢铁侠

　　四年级下学期，班里转来一个带浓重雷州口音的男孩。名字居然叫铁头。我们捉弄他，说要验证他的头是否真是铁打的，他很听话地一头撞到墙上。他的额头立即起了一个大包。看来他很傻，而且他的头并非铁打的。

　　铁头的校服好像是从垃圾桶里翻出来的一样，布满污迹，有时还会沾着一两颗饭粒儿。他邋里邋遢，鼻子下面，总是湿漉漉的，有时还挂着两条长长的鼻涕虫。有鼻涕虫时，我们会从口袋里掏出一张洁白的纸巾，揩掉鼻涕，然后扔入垃圾桶。但铁头从不。铁头要么把鼻涕往嘴里吸溜，要么顺手往袖子一揩。我留意过他校服的袖子，油腻而光滑，犹如结着一块厚厚的痂。

　　没有人愿意和铁头玩儿。课间或体育课，我们常聚堆儿。铁头会靦着脸凑上来，说要和我们一起玩儿。我们心照不宣地一哄而散。这让铁头很受打击，我常见到他一个人发呆。

　　果然不出所料，铁头的成绩不好，我看见他的卷子上满是红色叉叉。班主任挺头疼。我是学习委员。班主任让我和铁头结对儿，做同桌，好方便我给他辅导作业。我在班主任办公室门口徘徊过几回，终是没有勇气进去，这才接下了这个艰巨的任务。

但我不想招惹铁头。我悄悄地把我的课桌往走道挪出了一大截。我也没有给铁头辅导作业，而是直接把我写好的作业扔给他。铁头如获至宝，一字不漏地抄在他的作业本上。

一天课间，铁头从书包里掏出一把竹筒枪。那是一把异常精美的竹筒枪，还装有瞄准器，可以精准打击到目标，比学校门口玩具店任何一把玩具枪都酷。见我爱不释手的样子，铁头大方地说，送给你了。我不大相信地问铁头，真的？铁头回答说，真的，送给你，回头我让我爸爸给我再做一把。我羡慕地问他，你爸爸会做？铁头说，我爸爸是钢铁侠，啥都会。见我对他的话嗤之以鼻，铁头说，你不相信的话，你想要个什么东西，我让我爸爸给你做。我随口说，那就给我做个足球吧。

三天后，铁头果然带来了一个足球。那是一只用木头做成的足球，表面还涂上了黑白相间的颜色，和真的足球一模一样。上体育课时，我们俩做了一个恶作剧，拿出木头足球给大家踢。有同学一脚下去，旋即痛得蹲在地上，有不信邪的同学也跟着一脚下去，抱着大腿喊，我的脚，我的脚，痛死我了，惹得我们俩在一旁哈哈大笑。

再后来，铁头给我带来许多学校门口玩具店根本不可能买得到的玩具，有弹弓、微型弓箭、木陀螺、桃木剑、独轮小推车，有次他居然还搬来一只小型旋转木马。铁头对我说，这些玩具都是他爸爸打造的，属于限量版，独一无二。

我突然觉得，铁头除了邋遢一点儿，其实也没那么讨厌。我开始认真地给铁头辅导作业，但他总是心不在焉，三句两句就把话题扯到他爸爸身上去了。铁头告诉我，他爸爸除了会给他变着法儿做各种各样的玩具，还会做木工，修理燃气灶和各种电器，甚至还会缝补衣服。铁头说，我爸爸无所不能。

我问铁头，既然你爸爸这么厉害，那为什么你这么笨？铁头的眼帘顿时低了下去，低声说，我是我爸爸捡来的。我一时不知道该说什么才好。

铁头接着说，我爸爸小时候被打错了针，烧了好几天，后来就一只腿长一只腿短了，村里人看不起我爸爸，叫我爸爸"歪子"，但我爸爸真的很厉害，什么东西只要我爸爸看过一眼，都能做得出来。

怕我不信，铁头第二天骑来了一辆自行车。铁头说这辆自行车是他爸爸从垃圾堆里捡回来的，三天的工夫就让这辆破自行车焕然一新，有了生命力。我觉得铁头简直是在吹牛，他用这种方式来讨好我。别的同学还是不愿意和他玩儿，我是他唯一的朋友，他怕失去我。

铁头说，你不信我的话？一会放学我带你到我家看看去，见到了我爸爸，你就信了。

我跟着铁头到了他的家。那是铁头他爸爸租来的屋子，虽然狭小，但非常干净整洁，墙壁上糊满了花花绿绿的报纸。铁头告诉我，他爸爸为了他可以和我们站在同一条起跑线上，卖掉了老屋，举家搬到了城里来。

在街角的修理店，我终于见到了铁头心中的钢铁侠，他正在专心致志地捣鼓着一台电风扇。铁头用极其夸张的声音喊了一声"爸爸"。那个男人抬起头，停下手头的活，铁头飞快地扑进他的怀里，而他把铁头抱着旋转起来，又高高地举过头顶……

我盯着他的腿看，真的一只腿长，一只腿短。在他把铁头高举过头顶的那一刻，我居然觉得他比钢铁侠还要高大威武。

（发表于《芒种》2024 年第 6 期）

第二辑 城里城外

◀ 独　舞

　　每次查病房，我总是习惯叫她28号。她会先甜甜地"哦"一声，然后兴致勃勃地向我汇报她一天的动向，或者她又学会了些什么。28号，一个不足十二岁的小女孩，不小心跌断了一条腿，接着被查出了骨癌，左腿臀部以下全腿切除。在她的身上，我似乎找不到病人惯有的悲身厌世。我总是怜悯地想着，小女孩，或许你还不懂，你面对的可是人生的大困难呐。

　　她的坚强是让我吃惊的。就拿手术那天来说吧。当她从麻醉后醒来，摸着厚厚的绷带，最终没有哭出声来。我听见她对守护着她的母亲说，妈妈，你得帮我，我不能没有舞蹈！她母亲别过脸拭去眼泪，她却笑了（那是一种苍白而无奈的笑啊），妈妈，我们都得学会坚强，不是吗？

　　28号是我主管的病人。从和她的聊天中我了解到她是某艺术舞校五年级的学生，主修民族舞蹈。每天她除了打针，吃药，还得化疗。据检查报告说，癌细胞已有少许扩散至盆骨，五年存活率 10%。化疗五个疗程下来，她的头发脱光了，夜里又经常睡不着觉，因此，她看起来似乎很虚弱了。不过她很配合治疗，又听护士的话，嘴巴子又甜着呢，大家都很喜欢她这个小妮子。

手术过后二十天，她腿上的绷带终于拆除了。她央求母亲给她买回一座轮椅，傍晚时分我们经常可以看到她让母亲推着她到处散步呢。她也常常一个人推着轮椅到各个病房探望病友。在值班时，我常可以听见隔壁的叔叔阿姨吆喝她：28 号，过来给阿姨唱个曲子；28 号，过来让叔叔瞧瞧，诶，给叔叔讲个故事啦……

她似乎是一个快乐着的精灵，在病友间传播着她的乐观，甚至感染着医生和护士。整个化疗二区的氛围因此松弛而愉悦着呢。

一日，隔壁的一个病友 25 号去了。清理 25 号的物什时，我们小心翼翼的，我又叮嘱大家统一口吻，如果 28 号问起，就说痊愈出院了。28 号最终还是知道了，她母亲告诉她的。我责怪她母亲时，她母亲却淡淡地说，我必须让我女儿知道这种病是多么的可怕，意志稍微松懈便有吞噬的危险，我不会对她隐瞒什么，让她知道实情或许她能更好面对呢。我因此而担心 28 号的情绪，事实上，我的担心是多余的了。那天晚上，大家都不愿打开电灯和电视，病友们以沉默的方式来表达对 25 号的悼念和祝福。

整个化疗二区的空气枯燥、沉闷、压抑，走廊里空寥寥的，出乎寻常的死寂。纵然是作为一名医生，我还是害怕这般的氛围。我仿佛被巨石压迫般透不过气来，人因此烦闷而不安地来回踱着步子。我兀地发现，312 病房的门缝里透出闪烁的烛光。我踮起脚跟，透过门上的玻璃镜，我看到 28 号面朝着窗户，低垂着头，似的虔诚地祈祷着什么，她母亲坐在椅子上睡着了。我轻轻地推开虚掩着的门走了进去，从背后拍了一下 28 号的肩膀。28 号抬起头，眼眶里孕育着泪珠，里头跳跃着烛光的火焰。我正要安慰她时，她却先问我了，医生，人死后是不是可以去天堂呢？天堂是不是没有病魔和痛苦呢？我认为她是受着惊吓了，便苟同她说，是呢，天堂里没有人世间的一切苦难呢，放心吧，25 号会一路走好的。她似懂非懂地点了点头。作为医生，我是不相信天堂的，即便有，那边的路也不平。可是我竟相信天堂是存在着的，而且还是一个美好的归宿呢。

那一晚，我们谈到了死亡，谈到了生活，谈到了未来。凌晨两点的时候，她终于肯睡觉去了。窗外的月光透过米白色的窗帘，细碎地散落在窗棂上。拂开窗帘，细微稍冻的风从我的脸上拂过，这样的风曾在我的心底留下冰凉的痕迹。一轮明月逐渐地西落去，旧年的钟声将要敲响了吗？

第二天，28 号又像往常一样快乐地推着轮椅穿梭于各个病房之间了。

她从我的口中得知，医院将在除夕晚上举行新年联欢晚会。她央求我说，她想去参加并表演一支民族舞蹈。这可让我为难，舞蹈本身是一种肢体语言，而她却丢了一条腿，她能行吗？为着这件事，医院领导和医护人员专门组织了一次讨论，最终决定给 28 号一次表演的机会，不过表演时间不能超过两分钟。当我把这个消息告诉她时，她乐翻了天。

经过商量，她决定准备一支名为《浴火夜莺》的舞蹈。她向我借了一台微型录音机，又让我帮她准备好磁带，然后她开始了训练……

除夕终于来了。

我敢说这是医院历史以来最成功的一次晚会。当 28 号由她的母亲推着她出场时，舞台下爆发了雷鸣的掌声，院长用了整整五分钟才平息下去。院长做了关于 28 号简短的介绍，然后音乐开始了。她，我们的 28 号，一只腿撑着从轮椅上站了起来，如一只夜莺般，时而张开双翼，似翱翔于碧空之上，又时而俯首，似在亲吻土地——这位伟大的母亲，她甚至跳跃起来，可是她跌倒了，一条腿让她无法控制好重心。观众的心掀到了嗓子，医护人员正准备冲上舞台时，只见我们的 28 号又重新地站了起来，站了起来，而且近乎完美地完成了跳跃的动作，最后，她由母亲举起，做出一副扑飞的姿态，音乐戛然而止。舞台下响起一片啜泣声，观众擦拭着眼泪冲上舞台紧紧地拥抱着 28 号母女俩……

我们的 28 号，一个名叫苏琪的女孩，这个独舞者，震撼了整间医院。

（发表于《当代人》2006 年，《意林》《青年文摘》《青年博览》转载）

第三辑

幻想之歌

◀ 炊　烟

　　渔夫这天回家有些早。太阳像五月的稻子，刚涂上一层金黄，吊儿郎当地挂在西山山顶，仿佛一不留神就会掉到山后去。渔夫系好小船的缆绳，沐浴在落日的余晖中，慢吞吞地走向了三窝村。

　　这天好像很寻常，但又好像很不寻常。

　　渔夫数着自己的脚步，一步，两步，三步……数着数着，渔夫大惊失色——渔夫发觉三窝村的炊烟不见了。

　　以往这个时候，三窝村的炊烟仿佛商量好似的，一股劲地冒出来。族长家的炊烟是个小矮人，身子短，鼻子长，滑稽得很；李老六家的炊烟是个瘦个儿，像一根竹竿倒插在烟囱上；甜婶娘家的炊烟圆滚滚的，像裹着棉絮的熊猫；渔夫家的炊烟则像一棵笔直的树，树冠开得很宽，如果不加阻拦，就会遮盖了整个三窝村……

　　三窝村怎么可能没有了炊烟？没有了炊烟的三窝村，怎么了得？

渔夫顺路踅进李老六家的院子，把李老六的木门擂得山响。李老六睡眼惺忪地开了门，不明所以地望着渔夫。渔夫急切地说，都什么时候了，你还睡得这般安稳？李老六打了一个长长的哈欠，问渔夫，怎么了？渔夫没好气地说，你就不应该睡懒觉，你家的炊烟呢？你有见着你家的炊烟了吗？李老六瞥了渔夫一眼没好气地说，还以为多大的事儿，走，走，走，别打扰俺睡懒觉。

渔夫自讨无趣。李老六是个光棍儿，一人吃饱全家不饿，他想啥时睡就啥时睡，连族长也干预不着。李老六家的炊烟跟李老六一个德行，时隐时现，即便偶尔会不经意地从烟囱蹿出来，也会瘦得像一根竹竿。

从李老六家院里出来，渔夫直奔族长家。族长正坐在菩提树下和人嘻嘻哈哈地聊着天。见渔夫急匆匆地闯进来，族长止了笑，一脸严肃地对渔夫说，说过多少回了，遇事莫慌，怎么就没个长进？渔夫顿了一下，肚子里的那口气才刚刚跟了上来。渔夫说，村里的炊烟全不见了，咋能不慌？渔夫话音刚落，他看见一丝慌乱掠过族长的脸。但是，族长毕竟是族长，他很快就镇定下来。族长跟着渔夫到后院一看，果真是。族长家的炊烟也已不知所踪，而灶膛里的火苗还蹿得老高。族长说不出个所以然，无奈地把渔夫先打发走了。

渔夫闷闷不乐地回到家里，出现在女人跟前。女人张罗着解下渔夫肩上的鱼篓，抖了两下，一条鱼也没有滑下来。女人叹了口气，轻柔地说，没鱼就少吃一顿，你也用不着垂头丧气。渔夫没有应女人的话。渔夫早上撒网时，没有留意渔网破了个大洞，鱼儿顺着大洞溜走了。这是极少有过的事情。每次撒网前，渔夫总会细致地把渔网检查一遍，但是这天，渔夫居然神使鬼差地没有检查渔网，这才导致两手空空。

渔夫发觉不对劲。怎么不对劲，渔夫说不上来，就好像有什么事情在脑门打了个结一般。要是渔夫没有疏忽，像往常一样检查过渔网，也就不至于发现不了渔网破了个大洞；倘若渔网没有破个大洞，也就不至于两手空空，更不至于在太阳下山前就回到三窝村。这里面，仿佛有一股巨大的力量牵引着这一连串事件的发生。但是，源头在哪里，渔夫捋不出来。

渔夫并没有和女人说起炊烟不见了的事。渔夫一句话也没有说。渔夫的女人十分贤惠，她默默地伺候渔夫吃过晚饭，又给渔夫端来热水洗脚。渔夫的女人对渔夫说，你忙碌了一天，劳累了，就早些儿歇息。说完，渔夫的女人就织渔网去了。

族长和渔夫不一样。族长有早睡的习惯，渔夫没有。每次捕鱼回来，渔夫得处理渔获。渔夫把渔获分类，分大鱼小鱼，分名贵鱼和寻常鱼。渔夫还得给渔获冰封。这么一来，等渔夫忙完，已几近子夜时分。渔夫的女人第二天会将渔获挑到市场叫卖，换些银两补贴家用，间或也会拣些杂货或小物件，譬如雪花膏。渔夫的脚长年泡在海水里，每到三九寒冬就会龟裂得像七月的稻田。

渔夫屋前屋后转悠了几圈，不时仰望一下他家的烟囱。渔夫家的烟囱高大而笔直，渔夫多年前想不明白他的爷爷为什么会砌这么高大的烟囱，按理说，他们小户人家一个小烟囱就足够用了。每次渔夫问起他爷爷，爷爷总是笑而不答。有时渔夫问得急了，渔夫的爷爷就会说，你慢慢就会知道了。但是，直至爷爷驾着白鹤飞向西边，渔夫还是想不明白他们家的烟囱为什么会这般高大。

　　渔夫盯着他家的烟囱看了好一会儿，看不出任何一点儿炊烟出走的迹象。渔夫想，炊烟也许厌烦了这种日子，也许厌烦了三窝村，甚至厌烦了三窝村所有的人和事，它们才集体离家出走。这么想，渔夫就不禁隐隐担忧起来，炊烟们要是走得远了，认不得回来的路，那该如何是好？

　　这么想，渔夫就坐不住了。渔夫急匆匆地来到族长家，把族长家的木门擂得山响。所幸的是，族长还没有睡觉。要是族长睡下了，渔夫少不了挨一顿骂。渔夫对族长说，要是炊烟走得远了，回来不来，那如何是好？族长笑而不语。族长伸出手，变戏法似的轻轻地吹了一口气，然后指着天西边对渔夫说，你快看。

　　渔夫抬起头，看见一连串炊烟正在天空中遛弯儿，像暮归的羊群。在前头带队的是族长家的炊烟，紧跟着的是李老六家的炊烟，还有甜婶娘家的炊烟……三窝村的炊烟全都在那儿。渔夫家的炊烟在队伍的最后，它像一棵从天空里长出来的树，高大笔直，宽大的树冠枝叶繁茂。而渔夫的爷爷，正躺在树杈与树杈之间的吊床上，悠然地抚摸着星星。

　　那一瞬间，渔夫的眼睛湿润了。

　　（发表于《作品》2023年第8期,《小小说选刊》2024年第1期、《民间故事选刊》2024年第1期转载）

◀ 月　光

三窝村的人发觉月光不见了。

最新发觉月光不见的人是渔夫。渔夫每天早出晚归，天还没有亮，他就乘着月光摇着小船出海，天一落黑，他就会蹚着月光回家。回家之前，他会把月光牢牢地缠在小船上。

这天早上，渔夫像往常一样，天还没有亮就出门了。渔夫发现到码头的路黑乎乎的，一点儿光亮也没有。渔夫倒不是很在意。这条路他走过上万遍，就算没有月光，他也一样可以稳稳当当地走到码头。这条路的任何起伏，哪怕一个拇指大小的坑洼，就像大海里的每一条鱼，渔夫都心中有数。

天落黑时，渔夫回到了码头。渔夫抬头仰望星空，没有看见月光，月亮连影子也没有。渔夫这才慌了。

渔夫惊慌失措地跑到了族长家，一路上连跌了好几跤，但渔夫完全顾不上疼痛。渔夫把族长的木门擂得像擂一面战鼓，族长极不情愿地开了门，嘟囔着把渔夫让进了屋里。族长有早睡的习惯。族长一旦睡下，就不喜欢他人打扰。但也有例外，比如月光不见了这般大事，族长也就不会去责怪渔夫。

族长让渔夫好好回忆一下，月光是何时不见的。渔夫挤破脑袋想了又想，实在想不出来。渔夫只是记得，他前天晚上回到码头时，他着实把月光牢牢地和小船缠在了一起。早上他到码头时，小船还在，绳索也还在，只是月光不见了。渔夫又补充说，应该是早上出门时，月光就不见了。

族长捋着山羊胡子思考了一会儿，说这样的事情也不是没有过，他就听他爷爷说过，在很久以前，月光也走丢过一次。但是月光是怎么找回来的，他爷爷并没有说。族长还说，有一种可能是月光烦腻了这种日子，自己躲了起来，还有一种可能是月亮被天狗吞掉了。如果是第一种可能，那倒不用着急，月光也就和大伙儿躲个猫猫，大伙儿也不用找它，等它觉得无趣了，自然就会出来。但是如果是第二种可能，那麻烦就大了。

听族长这么一说，渔夫就更慌了。要是月亮真被天狗吞掉了，他还怎么出海捕鱼？捕不了鱼，他的妻子孩儿又该怎么办？渔夫央求族长想想办法，无论如何得把月光找回来。

族长打着长长的哈欠说，睡醒再说吧。

渔夫一整夜都没有合眼。一整夜，月光都明晃晃地挂在他的脑海里。渔夫不断地祈求月光只不过是厌烦了这种日子，偷偷地躲起来几天，几天后就会回来。

一大早，族长就敲锣把大伙儿聚拢在晒谷场。族长神情凝重地告诉大伙儿月光不见了。族长说，也许是月光自己躲了起来，也许是被天狗吞掉了，不管是哪种情况，作为三窝村的一分子，任何人都有责任，都得尽力而为去把月光找回来。族长话音刚落，人群就慌乱起来。一些女人拉扯着男人的衣袖，不停地问，这可如何是好？这可如何是好……男人被问得一脸烦躁，没好气地噎了女人一句，如何是好，如何是好，你问俺的膝盖去。

最按捺不住的是渔夫的女人。渔夫从族长家出来，并没有回家，而是去了码头，在小船的船舷上坐了整整一夜。渔夫的女人早早睡了，她的丈夫回不回来，她倒不十分关心。她丈夫原先也有过乘着月光彻夜捕鱼的情况，因此她睡得十分香甜。但是，一听说月光不见了，她便慌了。没有了月光，她的丈夫就没法出海捕鱼，或者出海捕鱼就没法摸清回家的路，这才是要命的事情。

渔夫的女人悄悄地问渔夫，是不是他把月光给藏起来了？渔夫厌恶地瞥了女人一眼，他可没有什么心情和女人开玩笑。偷藏月光，那可是要砍头的。

族长毕竟是族长，他一点儿都不慌乱。族长把大伙儿分成两批人，一批人出去找月光，一批人去采集阳光。族长有族长的盘算，要是月光找不回来，他就用大伙儿采集的阳光重新打造一个新月亮。

寻找月光的那批人，他们从北山到南山，从南山到西山，从西山到东山都寻了个遍，连月光的影儿都找不着。他们垂头丧气地回到了三窝村，悲戚地告诉族长，或许月亮真被天狗吞掉了。族长捋着山羊胡子安抚他们，吞掉就吞掉了，天塌不下来。

采集阳光的那批人，包括渔夫和他的女人在内，马不停蹄地采集阳光。他们把阳光装在透明的玻璃瓶里，盖好盖子，细心的人还贴上封条，怕一不留神就让阳光给跑掉了。那批寻找月光未果的人们也都加入了采集阳光的队伍，他们三个一群，五个一伙，在屋顶，在沙滩，在山腰，甚至还有人爬到树上，在一切可能采集得到阳光的地方把阳光装进他们的玻璃瓶。

时光就这么过了一年又一年，在族长认为他们采集的阳光已经足够打造一个新月亮时，族长敲着锣把大伙儿再次聚拢在晒谷场。族长动情地肯定了大伙儿的功绩，豪情万丈地告诉大伙儿，他将按照他爷爷留下的配方，用大伙儿采集的阳光打造一个新月亮，届时大伙儿就可以尽情拥抱月光，而渔夫再也不用担心出不了海捕鱼或出海捕鱼摸不清回家的路的问题。

三窝村的人们面面相觑，互相小声地探问，月光是什么东西？可是没有人答得上来。而渔夫，趁着族长讲话的空隙，悄悄地溜到码头，爬上小船，在船舷上睡着了。

渔夫做了一个梦，他梦见自己提着一个玻璃瓶走在黑夜里，半路上遇着他的爷爷，他爷爷问他手里提的什么东西这般亮眼。渔夫告诉他爷爷说，是月光。

（发表于《作品》2023 年第 8 期，《微型小说月报》2023年 11 期、《小小说选刊》2024 年第 1 期、《民间故事选刊》2024 年第 1 期转载）

◀ 石 头

三窝村和宇宙一样古远。三窝村的石头也一样。

三窝村的石头有可能和三窝村一样，也是从泥土中生长起来的，但也有极可能来自外太空。因为时间古远，这个问题已无法考究。总之，可以这么说，有三窝村就有了三窝村的石头，三窝村年龄有多大，三窝村石头的年龄就有多大。

这好像没有什么不好。总得有些东西得把时光的痕迹留下来。譬如石头，它就做得挺好。它不仅见证了三窝村的历史进程，也记载了三窝村的历史。要是没有石头，三窝村的人们就不会知道或记得三窝村的历史。不记得来时的路，这是极其可怕的事情。所幸的是，石头帮了大忙。石头帮助三窝村人们记住了三窝村远古的模样，也记住了三窝村日新月异的变化。

和三窝村所有的房子一样，有新的，也有旧的。石头有旧的，也有新的。泥土的力量无比巨大。这么多年过去，泥土依然充满活力。泥土想长出庄稼，就能长出庄稼，而它想长出石头，也依然可以长出石头。

三窝村人们把石头塑了金身，建了庙宇供奉起来。这些，石头也都受之无愧。除此之外，人们还供奉他们的先人，每逢寒食节或清明节，三窝村人们都会给他们的先人烧金银宝、摇钱树和冥币，也给他们烧用花纸裁剪的各式衣裳，单夹皮袄都有，足够先人穿上一整年。石头和他们先人一样来自远古，人们供奉先人，也供奉石头，是一样的道理。

当然，人们也不是白白供奉的。人们会向石头祈福，让石头满足他们的各种心愿。接受了人们的供奉，就得满足人们的愿望。吃人的嘴软。这些道理石头都懂。因此，石头有时就挺忙碌。石头得代表着人们，到天庭讨价还价，有时讨一两场雨水，有时讨一些潮水。三窝村人们会耕地，也会出海捕鱼。天旱时，讨雨水，潮水短时，讨潮水。要是遇上大风大浪，石头还得分身而出，挡在风浪跟前，让人们安全上岸，完好无损地回家。

这项工作难度极大，但石头完全胜任。虽然有时也会发生一些意外，譬如讨不来雨水或潮水，又譬如着实挡不住暴风雨，人们也都会理解。毕竟，石头也不是万能的。当然，这完全不影响人们对石头的信任和敬畏。

大多时候，石头都是挺闲的。它们有时也会聚集在一起，议论一下三窝村的一些人和最新发生的一些事。三窝村有一些人走了出去，人还是三窝村的人，但有的人心已不再是三窝村人的心。这些人，他们节假日也会回来三窝村，也会按照三窝村的规矩，该上香时上香，该上贡品时上贡品，该跪拜时跪拜，但有的人胃口有时很大，足以吞下整个三窝村。碰到这种情况，石头就很为难，不知道该如何处置。哪怕把三窝村所有石头聚集在一起，它们也商量不出结果来，不得已只好听之任之。

石头更多时候默默守护着三窝村。譬如有人做梦了，在梦里走出去很远，快要迷失方向，认不得回家的路时，石头会悄然跟上前去，要么用身躯挡住那人的去路，要么轻轻地把那人拉回来。石头懂得，那人还在睡梦中，可不能使用蛮力，要是使用蛮力把睡梦的人吓到，那人就有可能拉不回来了。又譬如有些先人想从地下爬出来，吹吹地面上的风，或者看望一下他地面上的子孙们，石头会及时劝说他们，把他们重新按回地下，石头可不让先人惊吓到地面上的人们。

石头有时也会动了出去走一走，去见见世面的心思，但是石头从不会表露出来。石头想出去走一走，它只不过是想出去探究一下，那些走出三窝村的人，他们为什么会变成那样，变得那么世俗，那么现实，变得让人不敢认。石头最终没有走出去。石头也在担忧，它走出去之后，万一也变了，那又该怎么办？如果那样，石头就会对不住留在三窝村的人们，更按不住他们的先人了。

当然，关键是石头喜欢三窝村。要是不喜欢，它也不可能在三窝村待得这么久。石头和三窝村大多数人一样，在三窝村待久了，就会对三窝村产生依恋，就再也不想离开三窝村。不过，这只是石头自己的想法。三窝村也有的人和石头想得就不一样。他认为在一个地方待久了，就会想着离开。至于离开三窝村之后抵达哪里，他或许已有计划，或许没有计划。但无一例外，离开的人再回来三窝村，就再也不是原先三窝村的那个人了。

　　石头因为上了年龄的缘故，三窝村的人们把石头当成了先哲，所有不知道不可预测的事情，他们都会来问石头。石头可不能说它不懂得或者不知道。那样会让人们失望，会降低人们对它的信任。要是真不懂得，或者真不知道，石头有时会打个幌子，把问题交给时间。时间果然才是最聪明的。随着时间的推移，一切事物自然就有了答案或结果。石头挺佩服时间。

　　石头从不厌烦三窝村，不厌烦三窝村的人们。对于人们的祈求，石头能办到的，不遗余力，办不到的，就交给时间，从不含糊。因此，三窝村的人们也就一直把石头当成三窝村的一分子，去热爱它，信任它，敬畏它。

　　石头觉得这样挺好。大家都是从远古而来，好不容易才走到了一起，相亲相爱，相偎相依，这不正是存在的意义吗？

　　（发表于《百花园》2023 年第 8 期）

第三辑　幻想之歌

◀ 远　方
....

歪脖子树在三窝村待得太久了。它从没有远足过。歪脖子树曾听见其他树说过，外面的世界很精彩。正是因为这句话，歪脖子树的恋人去了远方，说是要去远方寻找诗。

恋人的离开，歪脖子树伤心了很长一段时间。它的眼泪沿着躯干密密匝匝地流淌下来，把泥土砸得生疼。泥土怜惜地问它，怎么了？歪脖子树犹豫许久，没有作答。歪脖子树不想泥土知道它的心事。但是，歪脖子树知道，它的心事又怎能瞒得过泥土？

歪脖子树从来没有想过要离开泥土。从出生以来，歪脖子树就和泥土相依为命。它们情同手足，亲如兄弟。泥土看着歪脖子树长大，虽然歪脖子树越长越老，越来越难看，但泥土从来没有嫌弃过歪脖子树。其实，歪脖子树曾经是一棵十分英俊的树，躯干笔直，枝叶繁茂，舞姿异常优美，那时很多树暗恋着它，托风给它捎来绵绵的情信或情话。歪脖子树总是淡然一笑，不予回应。歪脖子树志向远大，它心无旁骛地吸取着阳光雨露，瞧不上三窝村任何一棵树。或许是歪脖子树的帅气让风妒忌，又或许是它的冷傲让雨看不过眼，风和雨合谋把歪脖子树掀倒在了地上。歪脖子树躺在地上奄奄一息时，是泥土拯救了它。泥土收拢了歪脖子树的残枝败叶，还帮助歪脖子树缝合伤口，苦口婆心地给歪脖子树解释每棵树存在的意义和价值。歪脖子树居然全都听了进去，只不过脖子歪了让它一直难以释怀。

曾经很长一段时间，歪脖子树行尸走肉地活着。它痛恨风和雨，痛恨一切和风雨有关的东西。要不是风和雨的妒忌和使坏，它会一直是一棵英俊潇洒、风流倜傥的树。泥土默默地收起了所有镜子，就算倾盆大雨，泥土也会瞬间把积水吸干。泥土知道歪脖子树不敢正视它自己现在的模样。歪脖子树不敢照镜子。泥土担心歪脖子树看到自己的模样，会伤心，甚至会疯掉。

歪脖子树是幸运的，不仅泥土对它不离不弃，居然也还有一棵树仍然在偷偷地爱慕着它。在成为歪脖子树之前，歪脖子树从没有正眼瞧过那棵树。那棵树太不起眼了，它是那样娇小，随时淹没在那些风姿绰约的树中。总之，在歪脖子树意气风发那时，它根本不知道还有这么一棵树的存在。

那棵树向歪脖子树表白了，它悄悄地向歪脖子树靠拢了过来。歪脖子树不敢肯定泥土是否从中推波助澜，它也不好意思问泥土。歪脖子树接受了那棵树的表白。能不接受吗？歪脖子树现在的模样，连它自己都嫌弃。

歪脖子树恋爱了。它的根悄悄地和那棵树的根缠绵在了一起。当然，这一切都没有瞒过泥土的眼睛。歪脖子树对风雨的憎恨消逝了，它甚至期待风雨的到来。只有风雨的到来，那棵树的枝叶才能四处摇摆，这样就可以和歪脖子树拥抱在一起。

歪脖子树依然清楚地记得，那是它和那棵树恋爱之后，风雨又来了。虽然歪脖子树不再惧怕风雨，但因为有了爱情，它也就有了软肋。歪脖子树害怕风雨伤害到它的恋人。于是，它就挣扎着想站起来，用自己斜歪的躯干抵挡汹涌而来的风雨。就在那一瞬间，歪脖子树第一次拥抱了自己的恋人。在拥抱恋人的那一刻，歪脖子树才知道爱情原来这么幸福。直到现在，它都在心底期待着风雨的到来。

世道是什么时候开始发生变化的？歪脖子树说不上来。刚开始的时候，三窝村的一些树走了出去，据说是去了很远的地方，它们让风捎信回来，说远方很精彩，远方有诗意，还有灯红酒绿。于是乎，有一些树也跟着去了远方。走了的树都没有回来。三窝村越来越空旷，直到只剩下歪脖子树和它的恋人。

很多次，歪脖子树的恋人也拐弯抹角地说起了远方。歪脖子树要么沉默不语，要么装聋作哑。歪脖子树不想恋人离开，歪脖子树也不想离开泥土。歪脖子树那时还不是很敢肯定，要是恋人离开了，它最终也会不会离开？歪脖子树想，要是没有远方，那该多好！要是这一辈子就这么样，那该多好！

在一个漆黑的夜里，歪脖子树的恋人无声无息地离开了，没有留下只言片语。歪脖子树那时只是打了个愣，当它回过神来，它的恋人已经走远了。歪脖子树没有喊住它。歪脖子树知道，恋人去意已决，即便留，也留不住。

就像当初被风雨掰倒在地上一样，歪脖子树消沉了很长一段时间。这一次，泥土没有劝它。泥土什么也没有说。泥土或许已经知道，歪脖子树迟早也会离开。

　　歪脖子树离开三窝村的时候，它没有和泥土告别。但它知道，泥土是知道它离开的。其实，歪脖子树已经想好了托词，要是泥土挽留，歪脖子树就会对泥土说，它的恋人被打造成了一座靓丽的衣柜，被上了油漆，安放在一栋豪华的别墅里。它的恋人很孤独，它得把恋人寻回来，好一生相依。

　　但是，泥土居然什么也没有说，只是目送着歪脖子树离开。歪脖子树只好把话压在了心底。

　　（发表于《湛江日报》2023 年 7 月 13 日，《小小说选刊》2023 年 11 期转载）

◀ 大　海
·····················

　　太阳照常升起，把三窝村笼罩在一片金光之中。三窝村一片祥和。大海波光粼粼，把三窝村渲染得五彩斑斓。

　　大海环绕着三窝村，像是把三窝村揽在自己温暖的怀抱里。三窝村依仗大海，大海守护着三窝村。

　　从三窝村出发，可以抵达大海深处。大海时而静默，时而咆哮，它有自己的脾性和行事方式。但不管如何，大海始终以开放、宽广的胸怀包容着三窝村，养育着三窝村。可以说，三窝村是大海的儿子，它们之间有着血浓于水的深情。每一个出生在三窝村的人，都必须承认这个事实。

　　三窝村就长在海面上，像一棵枝叶繁茂的树，树干笔直，树冠宽大。那是一把撑开的巨伞。

　　风从三窝村走过时，会刻意放慢脚步，降低姿态。但也有例外。譬如有过一个叫彩虹的风，就不讲规矩。她从三窝村路过时，发着脾气，把三窝村横扫了一轮。三窝村被风掀翻在地面上，好久都喘不过气来。所幸三窝村是一棵树，可以从泥土中吸取力量，有着旺盛的生命力。三窝村就算倒伏，它依然可以躺卧着生长。不过三窝村没有憎恨风。三窝村了解风，也理解风，要不是遇到了无法解决的糟心事，风不可能这么做。

三窝村太善良了。

三窝村应当清楚它是大海的儿子。因此，三窝村像一个儿子的模样，敬重大海，亲近大海，拥抱大海。每一个三窝村的人，无论外出或者留守，他们心里都装着大海。三窝村的人不会忘本。这是三窝村的优良传统。他们流动的血脉，像大海的波涛一样汹涌澎湃。走出三窝村的人，每当夜晚降临，他们身体里的血脉就会发出呐喊，不断地提醒他们，三窝村在那儿，大海在那儿。

大海之所以静默，是因为胸怀宽广。既然作为三窝村的父亲，它默默地做着该做的事，没有过多的言语。每月农历从十二开始，它会带来潮汛。渔夫会跟随潮汛出海捕鱼。渔夫是最懂大海的人，完全摸透了大海的脾性。渔夫是大海最亲近的人。渔夫的始祖来源于大海，和大海血脉相通。渔夫跳动的脉搏，和大海的脉搏一模一样。

大海有时脾气不好。不是因为三窝村，是因为风。没有哪个父亲会无缘无故地朝儿子发火。大海懂得怎么做好父亲的角色。但风不一样。风就算知道大海和三窝村之间的关系，也会刻意留些情面。风毕竟任性了些儿，它发起脾气来，会掀起惊涛巨浪，由不得大海做主。

渔夫知道风的脾性。一般风发脾气的时候，渔夫就会及时回到岸上，缠好小船的缆绳。渔夫曾经有一艘相依为命的小船被风掀翻，至今还躺在大海深处。为此，渔夫憎恨风很长一段时间，直到他重新打造了一艘新船，渔夫才逐渐忘记了这件事情。

渔夫和大海一样，更多时候是静默的。他从没有和他妻子说过他和大海之间的故事，更没有说过风。潮汛来时，渔夫就出海捕鱼。而风来时，渔夫就回岸避风。没有出海的日子，纵然他的妻子会无日无夜搂着他睡觉，他也没有一句多余的话。其实，渔夫妻子懂得渔夫，就像渔夫懂得大海一样。渔夫说与不说，就显得不那么重要了。

渔夫有次做梦，他梦见自己在海面上行走，就像走在三窝村小路上一样。渔夫走出了很远，海面上有几盏渔火，忽明忽暗。渔夫点燃了一支火把，向渔火做出呼应。风在这个时候不合时宜地来了。风吹灭了渔夫手头的火把，也吹灭了渔火。渔夫很焦急，想再次点燃火把，但风一直在使坏。后来，渔夫不得不放弃了火把，把眼光投向月亮。月亮高高挂在西天，海面一片明亮，渔夫的眼前一片亮堂。可是，渔夫无来由地惆怅。火把被风吹灭，仿佛希望已破灭。渔夫在惆怅中醒来，发现只是做了一个梦，他顿时庆幸无比。

大海深处住着一条巨龙。渔夫见过它。那是一个惨淡的黄昏，渔夫已经收好了渔网，正准备往回走时，巨龙从海底窜了出来。厚厚的云层压下来，海面顿时被黑暗笼罩。巨龙看都没有看渔夫一眼，径自奔向了天空。

渔夫回到三窝村时，告诉族长，说他看见一条巨龙。族长沉吟许久，告诉渔夫说，他们的始祖就是一条巨龙，想不到这么多年过去，它依然坚守在大海最深处。但是，族长又说，渔夫所见的，不一定是巨龙，极有可能是风，风有时会装成巨龙的样子，让人误以为它是一条巨龙。

族长还提醒渔夫，别让风给骗了。

渔夫没有反驳族长。在三窝村，族长一言九鼎。渔夫就算反驳，言语也是苍白无力的。渔夫还没有老花，他相信他的眼睛，他相信所见，那是巨龙无疑。族长年龄大了，有时候说话会颠三倒四。但这不影响族长在三窝村的威望。但凡族长说的，都是对的。

族长说，三窝村的子民，来自大海，也必将回归大海。

三窝村每一个人都深以为然。

（发表于《百花园》2024 年 7 期，《微型小说月报》2024 年第 10 期转载）

第三辑　幻想之歌

◀ 稻草人

稻子刚抽穗时，稻草人就出生了。稻草人不是从泥土中破土而出，也没有发出现世的惊天动地的第一声啼哭，它安安静静地，任凭稻田的主人把他搬到了稻田的一角。就这样安静地，站立在田野中。

稻田的主人制作稻草人时，因为匆忙而有些潦草。他随意从柴火堆里拣了几根枯枝，用铁丝扎紧，便成了稻草人的骨骼。他又从草垛里胡乱扯出一把陈年的稻草，就成了稻草人的肌肉和皮肤。见还差颗头颅，稻草人的主人从路边割了一些杂草，缠成一个草球，往脖子上一套，再戴上一顶破草帽，有血有肉的稻草人就呼之欲出了。但是，制作过程太过于潦草，稻草人看起来干巴巴的，毫无精气神。不过，稻草人倒不在乎它的形象。

稻田位于三窝村和码头之间。每天出入，渔夫只要抬头，就能望见稻田，也能望见安静地站在稻田角头的稻草人。

渔夫每天步履匆忙。他的心思在大海，在家里的妻儿身上。

他从稻田边走过时，从不会驻足，甚至连头都没有抬起一下。更别说，他会主动和稻草人打一声招呼。

早晨，渔夫踏着晨光出发。这时，三窝村还在酣然沉睡，偶尔听见的三两声鸡啼，清脆而绵长。渔夫走得有些急，他得赶在潮水退去之前来到海边放罾，撒网，还有其他很多功夫要做。渔夫明白农时耽误不得的道理，更何况他也没有什么闲情。

傍晚时分，渔夫踩着落霞回家。渔夫的心着实太急了，他急着要回家，家中的妻儿在等着他。每迟归一秒钟，妻儿的心底就会多出一份牵挂和焦灼。渔夫是个顾家的男人，他爱他的家，爱他的妻儿，更爱三窝村。

有时候，稻草人会期望渔夫停下来，哪怕望它一眼也好啊。可是渔夫从没有望它一眼，更别说停下来。稻草人没有计较。它比任何人都更理解渔夫。它安静地看着渔夫从它的身旁走过，它甚至数着渔夫的脚步，那平稳的脚步多么像它的心跳。

渔夫出海时，稻草人会帮渔夫做祷告，让三窝村的石头庇佑着渔夫，庇佑渔夫平安归来，庇佑渔夫鱼虾满舱。渔夫并不知道好心的稻草人会替他祷告。渔夫原先归功于三窝村的石头。渔夫更愿意相信，除了他的妻儿和石头，没有谁会在意他，记挂他。

从渔夫的脚步中，稻草人看出了渔夫的喜怒哀乐。但它不露于言表，只是默默地数着渔夫的脚步和自己的心跳。

最近的潮汛很好，渔夫每次出海，渔获总会压弯渔夫的腰。因此，渔夫的心情也很好。渔夫极少喝酒，但如果开心，或烦闷，就会喝一点儿。渔夫这次喝酒，是因为开心。渔夫居然喊妻子陪他一起喝一杯。妻子说，不会喝。渔夫裂开干涸的嘴唇笑了起来，呲着涂满浓茶色牙垢的牙齿说，你只管往嘴里倒，皱着眉头吞进肚子里，你可真是傻啊！渔夫的妻子听出了渔夫来自心底的开心。于是，她照做了。不过，她耍了一个幌子，趁渔夫没留意，悄悄地来到后厨，把酒吐了出来。

渔夫充满憧憬说，等攒够了钱，给你打一对金镯子。

渔夫对妻子说这些话时，金晃晃的镯子已经在他的心底闪来闪去闪了许多天。

但是，渔夫的妻子并不想要金镯子。她倒想，要是有了闲钱，她会悄悄地给渔夫买一双水靴，这样，渔夫的脚就不会在寒冬腊月泡在水里。渔夫那双皲裂得像收割过的稻田的脚底，一直疼在她的心里。

这天傍晚，渔夫又喝起了酒。但这次，渔夫看起来闷闷不乐。渔夫的妻子默默地收拾好渔网，温柔地劝说渔夫少喝点儿。见渔夫没有作声，她又说，如果潮汛不好，要不明儿就歇一天。渔夫点了点头，他最近发觉腰有些酸疼，撒网或收罾，他已有些力不从心。

闲着无事的渔夫，他还是习惯性地想到码头走走，看一眼大海，抚摸一下小船，这样，夜里睡觉他才会心安。

经过稻田时，渔夫不可思议地停下了脚步。渔夫惊奇地发现稻田的角头，安静地站着一个稻草人。渔夫走了过去，帮稻草人把遮住手指的衣袖捋上来，渔夫发现稻草人的手里，居然握着一把扇子。渔夫咧开干涸的嘴笑了，露出涂满浓茶色牙垢的牙齿。

渔夫在稻田边坐了很久很久，和稻草人说了很多话。

夜里，渔夫做了一个梦。他梦见稻草人驮着他在天空中翱翔，三窝村消失的月光，在天空的某个角落里熠熠生辉；而渔夫家从三窝村出走的炊烟，已经长成了一棵参天大树，在天空中倒挂着生长。渔夫还见到了他的爷爷，他给了爷爷一个坚实的拥抱。

（发表于《百花园》2024 年第 12 期）

◀ 出　发
·················

我躺在吊床上，阳光筛过棕榈树叶子间的缝隙，温柔地盖在我的身上。阿嬷靠着我，一根根地打理着我的头发，就像是母鸟在梳理雏鸟的羽毛一般。阿喜在空地上乐此不疲地追赶着一只绿蜻蜓，它们玩耍得挺尽兴，仿佛一对亲密无间的伙伴。

阿喜是一只充满喜感的橘猫，因为肥胖而极有富态。

一个月前，阿嬷带着我和阿喜搬到了这儿。阿嬷指着浩瀚的大海告诉我，从这儿出海，就可以抵达大海最深处。我歪着头问阿嬷，那这是什么地方？阿嬷回答说，这儿是三合窝。

阿嬷砍下小叶榕的枝条和竹子搭建了一间木屋。一个月过去，小叶榕的枝条和竹子长出了新芽，它们的枝叶一天天地把木屋包围了起来。远远望去，木屋像是一棵正在生长的巨大的树。阿嬷和我，还有阿喜，每天都是在植物的呼吸声中入眠。植物的呼吸，轻灵得像微风吹过一样。

我不解地问阿嬷，小叶榕和竹子被砍断之后，它们不是已经死去了吗？怎么还可以抽芽长出新枝？

阿嬷慈祥地抚摸着我的头颅说，这就是泥土的力量，所有的动植物，当然也包括人，只要回到泥土的怀抱，它们便可以活过来，就算把扁担插入泥土里，它也一样会立刻长出新芽。

泥土原来这么神奇，这么好玩。

阿嬷在木屋前种了好多花儿，各种各样的花儿都有。我叫得出名字的花儿有山石榴、红牛、水晶嘞、雀梅、金弹子、夜皇后、黑骨茶、九里香、牡丹、芦荟，还有许许多多我叫不出名字的花儿。花儿长得极快，它们快速地把木屋簇拥了起来，千姿百态，让木屋绚烂得像天上闪闪发亮的星星。

我越来越喜欢这里。我快活得像一条鱼，完全忘记了坐在教室里的日子，还忘记了无日无夜写不完的作业。但我隐隐也有些担忧。我问阿嬷，如果咱们的食物吃完了怎么办？

阿嬷哈哈大笑开来，食物怎么可能吃得完？这里遍地都是食物。阿嬷边说边折下一根树枝，递给我说，这是木牛，当然你也可以叫它牛奶树，你快尝尝，味道是不是和牛奶一模一样？说着，阿嬷又从面包树上砍下一大片树皮，尝尝面包。这个面包比我见过的任何一个面包都大，关键是，味道也一点都不比那些面包差。阿嬷又指着棉花树对我说，你也不用担心冬天，咱们可以从棉花树要来棉袄和棉被，再冷冽的冬天都不用怕。

但阿嬷也提醒我，说植物像人一样，每一种植物都有记忆，它们可以无私地为我们提供食物，但我们不能过于贪心，向它们索取太多，比如不能砍光它们的枝干，也不能摘光它们的叶子。

植物们也有痛感，痛的时候也会哭泣，只不过它们的哭声和它们的呼吸声一样轻灵。

我虽然没有完全明白阿嬷说的话，但我相信阿嬷的话不会错。

门口的花儿长得太盛太密，阿嬷怕它们太过于拥挤，喘不过气来，就把一部分花儿挪到了木屋里头。有些花儿夜晚会窃窃私语，有些会发光，像夜皇后、牡丹、水晶嘞、芦荟。躺在木屋里，我仿佛躺在天空的怀里，身边是一颗一颗闪烁的星星，随手一抓就是一大把。

阿嬷老了，她的手已经干枯得像树皮，成了褐色。但是，阿嬷却越来越充满了活力，她开始行走如飞，连阿喜也撵不上她。她甚至一个人从岸边拉回了一艘破木船，中途居然没有喘息一下。我暗自惊叹，这得有多大的力气。我估摸这才是阿嬷搬到三合窝的原因。

阿嬷把破木船放在木屋的门口，每天用阿福花的叶子擦拭。破木船在阿嬷的擦拭下，已经腐朽的木条开始有了光泽，就像是用油漆新涂过一样光亮。阿嬷越来越离不开破木船，她甚至给木船升起了风帆。我时常听见躺在船舷上的阿嬷在呢喃，总有一天我会驾驶这艘木船把你给找回来。

我知道阿嬷说的是阿爷。我听说是三十几年前，也许时间更加久远，阿爷当时正是驾驶一艘木船出去，再也没有回来。我不敢确定，阿爷当年驾驶的是不是这艘木船出去，是不是已经从三合窝抵达了大海。但从阿嬷的行为和神情来看，阿爷当年极有可能正是驾驶这艘现在已经铮铮发亮的木船从三合窝离开。

我越来越不想离开这里。但阿嬷说我们必须得走了。在木船风帆升起来那一刻，我就知道阿嬷迟早会驾驶着木船离开。阿爷离开之后，阿嬷在心里从来就没有放下过。

　　那天早晨，我们出发了。我和阿喜坐在船舷上，阿嬷掌着舵。晨光里，阿嬷的身影无比高大，仿佛一尊巨人。

　　崭新的木船不带任何犹豫地冲入了大海。

　　我知道，新的生活正在等着我和阿嬷。

　　（发表于《芒种》2024 年第 6 期）

◂ 风
·······

风从南边吹来。从南海吹来。从西太平洋吹来。呼呼地，夹带着暴躁、不耐烦的气息。

渔夫不慌不忙地把小船的缆绳牢牢地缠在木桩上。风来了，渔夫得及时地把小船摇回岸边。风会使坏，会掀翻小船。小船是渔夫吃饭的家什，可不能被风给掀翻了。这样的情形也不是没有过。有一回，渔夫就大意了。风来时，渔夫并没有当回事，没有及时把小船摇回岸边。渔夫和他的小船被风掀翻在大海里。所幸的是，经过一阵子扑腾，渔夫游回了岸边。渔夫的水性很好，可以一口气游过西太平洋。但是，小船就没有那么幸运了。小船永远留在了大海深处。

那天夜里，渔夫一整夜都没有睡着。他数次起身，蹚着月光来到码头。码头空荡荡的。他的小船在大海深处安静地躺卧着。渔夫抚摩着木桩，像夜里抚摩着他妻子光溜的脊背一样，眼里噙满了泪水，失神落魄地坐在海堤上，看着月亮从天际东边缓缓升起，天空从鱼肚白到太阳的光亮照耀着大地。风呼呼地吹过渔夫的头顶，穿越他的身体，而后抵达远方。

渔夫无比怀念他那艘躺卧在大海深处的小船。渔夫多次在梦里见到它，看见藤壶慢慢地爬满船身。渔夫甚至听到了小船骨头断裂的声音。每当这个时候，渔夫就会无比自责。泪珠沿着渔夫布满沟壑的脸庞，一滴一滴地砸落在地面，把泥土砸得生疼。

忧伤霸占了渔夫的生活。渔夫妻子多次劝说渔夫，忘了它吧，忘了它一切就会好起来。渔夫妻子让渔夫忘了那艘小船时，眼里满是怜惜和疼爱。渔夫艰难地点了点头说，好吧，我会尝试着去忘掉它。说着，渔夫竟哽咽起来。

渔夫在心里说，我会把你忘掉的，慢慢地就会把你给忘掉了。

后来，渔夫花费了很长时间，按照原来那艘小船的模样，重新打造了一艘小船。从那之后，渔夫很谨慎，只要风来，渔夫就及时把小船摇回岸边。渔夫会把小船的缆绳牢牢地缠在木桩上，一遍又一遍地检查，以防漏给风哪怕丁点儿的机会。

渔夫回到了大海。每天早上，月亮还挂在西天上，太阳还没有出来，渔夫就会摇着新船出海。渔夫让小船在海面上站稳，然后才开始撒网。渔夫的网撒得很好，均匀，平坦，整齐，没有半点儿波折。网撒开时，像一株盛开的百合，足以照亮整个海面。撒完网，渔夫摸出水烟筒，美美地啜一泡水烟。渔夫安然地坐在船舷上，双脚搭在水面上，眯着眼，神情肃穆，周身被烟雾缭绕着，像腾云驾雾出场的仙家。

大海有时平静，有时会像一个发脾气的孩子。安然地坐在船舷上的渔夫，他能感受到大海的气息。大海发脾气时，渔夫可以感知。小船先是轻微摇晃，紧跟着就会像一头发怒的公牛左冲右突起来。渔夫看得见惊涛骇浪一步步地紧逼，想把渔夫和渔夫的小船掀翻。渔夫读得懂大海的节奏，在风浪把他扑倒之前，他会冷静地收好渔网，安稳地回到岸边。有一次，渔夫故意把节奏放缓，故意让风浪追上了船头。好在有惊无险，风浪只是折断了小船的桅杆，来不及造成更大的破坏，渔夫就已经把小船牢牢地缠在了木桩上。

渔夫多次得意扬扬地和他的妻子说起这次经历。听完，渔夫妻子已然吓破了胆，她不自觉地喘着粗气，发出凌厉的尖叫，天呐，我的天呐！渔夫妻子惊魂未定，她瘫坐在灶边，像一条被甩在岸上的鱼。

渔夫妻子把渔夫的逢凶化吉归功于三窝村的石头。渔夫妻子说，真是多亏了石头！她特意去拜谢石头。三窝村的人们信任石头。绝对的信任。毫无来由的信任。当然也包括渔夫。依傍着大海，向海而生的人们，石头是力量源泉，是守望中的寄托。从远古时代伊始，渔夫的先人就已经足够信任石头。渔夫继承了先人对石头的信任。

渔夫憎恨风，但也信任风。在大海发脾气前，风会告诉天空，让天空自个儿点一把火，从西边开始，把自己烧得通红，直到自个儿完全融入火海，以此给渔夫通风报信。渔夫确信，这是风发出的信号。但是，渔夫妻子更愿意相信这是石头发出的信号。渔夫妻子相信石头的神圣，相信石头的无所不在，无所不能。渔夫妻子还相信，她的每一次祈福，石头都会认真地记下，收入囊中。

　　每当天空把自个儿烧红，渔夫就不再出海。渔夫可不傻。这个时候出海，只会让他的小船葬身海底。上回的教训还历历在目呢。渔夫感恩石头，偶尔也会感恩风。风从不会计较，当然，石头也从没有点破。其实渔夫曾在石头面前诅咒过风，但石头什么也没有和渔夫说。石头了解风，也了解渔夫。这世间，没有绝对的对，也没有绝对的错。石头把时间留给渔夫，让他自个儿慢慢悟。

　　渔夫听他的爷爷说过，风和人相伴而生。他的爷爷还对他说，秋风起，蟹黄肥。每每秋风起时，渔夫总会满载而归。鱼虾丰盛，渔夫笑容可掬。渔夫内心会涌起复杂、说不清道不明的情感。这个时候，渔夫会让他的妻子打一碗自家酿的米酒，就着月光下酒。渔夫安然地坐在小船的船舷上，双脚搭在水面上，风从南边吹来，从南海吹来，从西太平洋吹来，从渔夫扩张的毛孔一直吹进心里，他感到无比舒畅。

　　渔夫懂得，有风有浪，才是生活。

　　（发表于《百花园》2024年第8期）

◀ 渔　夫
·················

　　三窝村长在海面上。每一个出生在三窝村的人，和大海都脱离不了关系。从三窝村出发，沿着海平面一直向前进发，就可以抵达西太平洋。三窝村和大海一样，来自远古。大海广阔无垠，浩瀚无边。三窝村也一样。

　　渔夫爷爷对渔夫说过，他们的始祖来自大海。爷爷的话是有根据的，他们的先人留下了许多线索，诸如他们的手掌、脚掌还保留着蹼趾的形状。这就是最好的明证。

　　大海和人一样，有自己的脾性。农历每月十二，大海就开始涨潮，而后潮水会越来越大，到廿二，潮水就几近把三窝村淹没。从廿三开始，潮水开始隐退，和三窝村若即若离。再到廿八，小潮过去，大潮又渐起。就这样，大海每月带来两次潮汐。

　　而渔夫，得紧跟大海的潮汐捕鱼。

　　渔夫摸透了大海的脾性。每月十二，就是渔夫出海的日子。出发前，渔夫妻子会给渔夫准备十来天的干粮和淡水，有时还会悄悄地在渔夫的背囊中塞了一件新裁的衣裳。每次，渔夫妻子都会把渔夫送到码头，在码头依依不舍地和渔夫告别。渔夫跃上小船，解开缆绳，小船随着风浪一起一伏逐渐远去，渔夫站在船舷上笔挺的身影逐渐模糊，直至消失在海平面上。渔夫妻子朝着渔夫远去的背影大声地喊："你要小心风浪，平安归来哦！"

风太大了，纵然渔夫妻子用尽了力气，她的话还是被风给吹散了。

从那一天开始，渔夫妻子如坐针毡。她每天都会去向石头虔诚地祷告，她哀求石头，要是风浪来临，请石头无论如何得挡在她的丈夫跟前。祷告完，她跟着就到码头上眺望，期待着渔夫和他的小船不经意地出现在海面上。

时光仿佛静止了一般，那十来天恍惚过了一个世纪一般。

渔夫妻子惧怕风，她对风没有丝毫好感。她曾在石头跟前多次诅咒过风。当西边天际把自个儿烧得通红，渔夫妻子就知道，风又要使坏了。这时，渔夫妻子就会无比忧虑。渔夫妻子跑到石头那里，在石头跟前大哭起来。渔夫妻子哭得撕心裂肺，哭得死去活来，哭得地动山摇。石头不知道该如何安慰渔夫妻子。石头恨不得立即化身成渔夫，把跟前的女人搂在自己的怀里。但是，石头知道自己不能这么做。

在石头跟前哭完，渔夫妻子又来到了码头。她惊喜地看见一个模糊的身影出现在大海的深处。那是渔夫和他的小船无疑。瞬时，渔夫妻子又"嘤嘤"地哭开来。她太激动了。她太感动了。她恨不得亲上石头几口。她感恩石头，颂扬石头，敬畏石头。石头呀石头，伟大的石头，神圣的石头，有求必应的石头……

当渔夫和他的小船靠岸，渔夫妻子立即冲上去搂住了渔夫。她仔细地端详着渔夫的每一寸肌肤，每一根汗毛。渔夫妻子恨不得看穿渔夫的身体，看他的心是否还好，肝是否还好，肺是否还好。好在一切都是好好的。渔夫除了皮肤和碳一般黑，使渔夫看起来更加壮实外，渔夫并没有少任何一根汗毛。渔夫妻子这才放心地移开视线，发现她给渔夫新裁的衣裳，被渔夫挂在小船的桅杆上，已经被风撕裂剩下半截子，像一个垂暮的老人。渔夫妻子"扑哧"一声笑了出来。

渔夫妻子从不会过问渔夫出海时捕鱼时，他经历过些什么。有些话，不用渔夫说，她也会懂。她默默地承担一个妻子应该承担的责任，操持家务，补好破洞的渔网，给渔夫裁剪新衣裳等。要是渔夫回到了家里，她就会搂着渔夫不分白天黑夜地睡觉。

日子像没有风吹过的海平面一样，宁静，没有半点儿波澜。

渔夫也没有主动和他的妻子说起过他任何一次出海捕鱼的经历。他的妻子给他准备了十来天的干粮和淡水，干粮吃完了，淡水喝完了，他就得回来。渔夫知道他的妻子在记挂着他。他了解他的妻子。他知道他是她的天，是她的地。要是他不及时回来，她的天就会塌，她的地就会陷。因此，渔夫总会赶在暴风雨来临之前，回到了他妻子的身边。

有些人只会趁着潮水隐退时，在入海口挂起网门，放罾，捕些小鱼小虾，又或者是在沙滩上耙些螺或其他软体海洋动物。渔夫压根瞧不起这样的人。作为一名渔夫，就得有渔夫的样子。不在大海中搏风击浪，怎能算是渔夫呢？就像渔夫一样，他的血脉和波涛一样汹涌澎湃。

渔夫爷爷的血脉也和波涛一样汹涌澎湃。自小，渔夫就跟随爷爷出海。爷爷和渔夫并排坐在船舷上，指着无边无际的大海对渔夫说，你迟早会成为一名合格的渔夫，你内心不能有丝毫惧怕，不要惧怕风，更不要惧怕波涛，你必须征服大海。

渔夫记得爷爷说过的每一句话。

渔夫每次跟随爷爷出海，阿嬷会把他们爷俩送到码头边。渔夫知道，他爷俩一登上小船，阿嬷后脚就会去找石头祷告，黄昏来临时分会站在码头眺望，站立的姿态和渔夫妻子一模一样。那时，渔夫还小，但他已懂得，爷爷走不出阿嬷的眼光。而现在，渔夫知道，他同样走不出他妻子的眼光。

很多个夜晚，渔夫会梦见他的爷爷。除了肤色更加黝黑，爷爷的模样一点儿也没有变。在梦里，渔夫拥抱了他的爷爷。渔夫哽咽着告诉爷爷，他从没有惧怕过风，也没有惧怕过波涛，他已经彻底成为一名渔夫。渔夫醒来时，发觉枕巾是湿的。

在夜里，渔夫妻子听见了渔夫的哭泣，她紧紧地抱住渔夫，轻轻地拍打着渔夫的背，像是在抚摸着她的孩子。

（发表于《百花园》2024 年第 12 期）

第四辑

透过铁窗的阳光

◀ 重　生
....

　　身后那扇沉重的铁门"轰隆"一声地关上那一刻，王德光很想回头望一眼，那个他煎熬了八年的地方。但是，王德光想起了狱警老陈送他到监狱门口办理出监手续时叮嘱他的那句话：出去后千万别回头啊。王德光咬紧了牙根，快步走到国道旁拦了一辆出租车，而后监狱就被远远甩到了身后。

　　在出租车上，王德光的脑海里放电影一样地将八年的改造生涯回映了一遍。八年，一个人的人生的十分之一。仅仅因为年少无知的冲动，而让人生少了十分之一，王德光已经异常清醒地认识到，这不值，非常不值。

　　这句话，老陈不知对王德光说过多少遍了。老陈，一个年过五旬的老狱警，仿佛父亲一般孜孜不倦地教导或感化着王德光。刚入监那一阵，因为缺少亲人的关爱，因为性格的暴躁，因为破罐子破摔的心理，王德光消极地抵抗改造，不断地制造各种事端不停地违反监规纪律。老陈在全面了解了王德光的情况后，自告奋勇地在教导员那里将王德光的改造任务给承揽了下来。老陈给了王德光和风细雨般的教导和无微不至的关怀。王德光生病了，是老陈抓的药；王德光的裤子开了口，老陈拿回家里让老伴给缝好；王德光摔坏了眼镜，老陈悄悄地给他配了一副。总之，王德光在老陈那里找回了自小就缺失的父爱。

出租车终于停在了一个陌生的城市。付了钱，下了车，找了家饭店，美美地饱餐一顿后，王德光去了人才市场。八年的劳动改造，王德光牢牢地掌握了一套娴熟的车工技术。老陈说了，就凭着这套技术，王德光今后的生计绝对不成问题。然而，在人才市场，王德光却遭受了无情的打击。王德光以为，对雇主坦白自己曾经犯过错坐过牢，而现在掌握一套娴熟的车工技术，雇主会给他一个机会，给他一份工作。王德光错了，当雇主们在听到王德光说他自己坐过牢那一刻，他们无一例外地摇了摇头。

连续跑了十多天人才市场却没有结果后，王德光泄气了。王德光迷惘地望着人潮汹涌的人才市场，他无法看清自己的路在何方。那一刻，改恶从善的信念在王德光的心里有了动摇。

失落而又饥寒交迫的王德光从人才市场出来，眼光停落在了一个肥胖的中年妇女和她的挎包上。王德光紧紧地咬着嘴唇，他心里有两个声音在激烈地争吵，一个声音说，大胆地上吧，为了不被饿死；另一个声音说，不行，不能再干这样的事了。当王德光决定再次铤而走险时，一个"抓小偷啊，有人偷东西"的呼救声让王德光打了一个激灵。没来得及多想，王德光就冲了上去，一个拌腿将小偷绊倒在地上，然后在群众的帮助下制服了小偷。

王德光没有想到，这一幕，仅仅是电视台做的一次关于"假如遇上小偷，你会不会出手相助"的测试。而后，王德光作为英雄人物搬上了电视屏幕。电视节目主持人在节目的最后补充说：谁说我们的身边缺乏正义，缺乏英雄呢？当然，我们希望大家都能向王德光先生学习，在关键时刻能挺身而出拔刀相助，从而维护社会治安的稳定，维护正义，今天让我们以最热烈的掌声献给王德光先生。

王德光不知道，当老陈在当天的报纸上看到这一幕，眼角潮湿的老陈悄悄地举起了大拇指，而后，滴酒不沾而又有高血压的老陈，那一晚竟整整喝了半斤散装白酒，仅仅是为庆祝王德光的重生。

（发表于《东方剑》2010年第8期）

听闻远方有风

◀ 朝着春天去想象

她喜欢春天。是的，春天里的一切是那么美好。她出生于冬天。但她不喜欢冬天，甚至有些反感冬天。她不喜欢冬天的冷冽，不喜欢冬天的萧条，不喜欢冬天的死气沉沉。生日的那一天，她在手抄本上记下了刚拾获的一句诗：所有看得见的，看不见的美好，朝着春天去想象。那时，她很及时地收到女儿寄来的生日礼物。一幅女儿的画作。画面上，是一个女人牵着一个小女孩的手走在回家的路上。女儿在画面写着：妈妈，生日快乐，祝愿妈妈早日回家。她的眼睛湿润了。她将画作轻轻地叠好，放进了枕套里。她出事后，女儿一直寄养在父亲那里。女儿读一年级了，很懂事很聪明，认得很多字。这是父亲给她的信里说到的，她很欣慰。对女儿或父亲，她欠他们的，不仅仅是一个母亲或女儿的责任。她常愧疚得无地自容。

每次收工回来，她总会习惯地先从枕套里摸出女儿的画作，瞄一眼，再闭上眼睛想一会儿女儿，一天的疲惫就一扫而光。为了能早日回家，她拼命地劳动，拼命地提高工效，得了一个"拼命女郎"的外号。

但是这天收工回来，她的手习惯地伸进枕套时，却没有摸到画作。她的心一下子紧缩了起来。她忙将枕套拆开来，没有，床头床底都找遍了，甚至连被套都拆开来找了一遍，还是没有。她努力回忆了一下，记得早上出工前，她还将画作叠好，放进了枕套，怎么会不见了呢？

开饭的时候，组长喊了她几声，她才极不情愿地伸过她的饭具。她没有一点胃口。组长分好饭，她只吃了寥寥的几口就倒掉了。组长白了她一眼说，"当你是铁打的？干了一天的活，不多吃两口，你能撑得住？"她不作声，泪却像断了线的珠子一样落下来。组长不解地望着她问："谁招你惹你了？"她不答，将头扭到了一旁。最近，她发觉自己变得十分脆弱起来。每当夜里想着女儿的时候，她也会流泪。她总是听之任之地让泪水肆意地打湿枕巾。想当初，她手刃了丈夫，被押上囚车时，她没有落下一滴泪。她清晰地听见围观的人群里传来骂声，骂她是狠心的女人，她却一点儿也不屑。

也许是组长向管教报告了吧，在晚上的政策学习结束时，管教单独将她留了下来。

管教先是肯定了她的日常表现和劳动上所取得的成绩，然后委婉地问她："你身体不舒服吗？"她摇了摇头，报告说："没有。"管教点了一下头，又问："那你是不是有什么心事呢？"一时，她委屈得像一个孩子，"嘤嘤"地哭开来。待她哭完，管教递过一张纸巾，轻轻地说："有什么心事，你说吧。"她吞吐着对管教说，她丢了一张画作，那是女儿送给她的生日礼物。管教微微一笑，"原来就这事？"她"嗯"了一声说："那可是我女儿的心意，没有东西可取代的！"

回到房间不久，管教送来了一幅画作。正是那幅女儿送给她作为生日礼物的画作。她将画作宝贝一般地紧紧地贴在了心口。管教对她说："今天清仓的时候，我将你的画作给收走了，你知道的，枕套里不能放任何物品，这是纪律。"她连声对管教说了好几个对不起，并保证以后不会再犯同样的错误。

"画作"事件之后不久，她竟然惊喜地在帮教会上见到了女儿。组长对她说："管教见到你对女儿的思念成灾，就特例地给你开了一条'绿色通道'呢。"她感激地望着已年过半百的管教，这个她在心里称为大姐的女人，正对着她颔首微笑。

帮教结束时，她附在女儿的耳边悄悄地说："这个春节妈妈回家和你一起过年。"就在参加帮教会前，管教给她带来了一个好消息，她因为改造积极，被特许离监回家过年。听了她的话，女儿欢呼雀跃起来。女儿说："那妈妈答应我春节要带我去看报春花哦。"她怜惜地捏着女儿的脸孔说："要不要拉勾勾？"女儿怕她反悔似的，连拉了几个勾勾。这时，她和女儿都能感觉到，春天的脚步近了。

（发表于《百花园》2011 年 7 期）

◄ 高墙檐下的燕子

　　当狱医婉转地告诉王德光，说他的病已经到了晚期时，王德光连死的心都有了。但是王德光还不想死，因为王德光还牵挂着他的女儿。

　　在监狱里，王德光的牵挂显得如此苍白无力。王德光甚至无法让女儿知道他在牵挂着她，除了给女儿写信。王德光给女儿写了很多封信，然而都被退了回来，说是查无此人。王德光隐隐地担忧，准是那个女人带着女儿改嫁了，女儿在新家会不会受委屈呢？那个女人是王德光的前妻，感情破裂后他们就离婚了。离婚后，王德光再也没有见过女儿。王德光很想见到女儿，但前妻坚决不让。前妻专制得无以复加。王德光就很颓废，破罐子破摔。到后来犯了错进了监狱，王德光就更不可能见到女儿了。王德光手里只有一张女儿六岁时的相片，每次想女儿想得慌了，王德光就只有看着女儿的照片默默地流泪。

　　回春的时候，牢友放风回来兴奋地告诉王德光，说楼下的屋檐下住进了一对燕子，它们正忙碌地一棵枯草一根羽毛地垒巢呢。王德光病恹恹地回了牢友一个生硬的笑容，侧过头又准备睡去。牢友推了推王德光又说，放风时你也到下面走走吧，晒晒阳光，沾下地气，总比躺着强，看看那对燕子也好啊，俺老家有一种说法，燕子入谁家，就能给谁家带来好运气呢，说不定也能给咱们带来好运气，咱们今年都能获得减刑呢。王德光没好气地回了牢友一句说，你看俺都病入膏肓将死之人了，减刑有什么用呢？难道俺还能活着出去不成？

第二天，牢友又很兴奋地告诉王德光，说燕子的巢已经快垒到一半了，它们的速度可真快呵，说不定三两天就能将巢给垒出来了，然后它们在巢里产蛋，不久就可以孵出一窝小燕子出来，哦耶，多幸福的一家子呀。

第三天，牢友还是很兴奋地告诉了王德光燕子以及它们的巢的最新消息：燕子的巢快要垒好了，它们的速度也相应地放慢了下来，它们还懂得适当地放松呢，它们时而在空中翻筋斗，时而挺着银白的肚子滑翔，呗呗，它们多自由自在呀。

过了两天，牢友又告诉王德光，说燕子的巢已经完全垒好了，说不定接下来它们就要产蛋，就要生儿育女了。

牢友没有想到他的话竟触动了王德光脆弱的神经。王德光一记闷拳就落在了牢友的脸上。牢友被那记闷拳打得迷糊了，不知道究竟发生了啥子事，幸亏值班员及时地将王德光给拉开了。

接到报告，狱警过来处理并做询问笔录。王德光一句话也不肯交代，只是孩子般嘤嘤地轻轻啜泣。狱警从值班员那里了解到，王德光最近常望着女儿的照片和他写给女儿而被退回的信发呆，改造很消极，又不肯配合狱医的治疗，甚至偷偷把药丸给吐掉了。狱警安慰了王德光一番，又叮嘱值班员要认真落实好互监组制度，一定要看好王德光，不能让他发生什么意外。

狱警没有给王德光处分。

又过了两天，当王德光还在昏昏沉睡时，狱警通知王德光会见。

王德光完全没有想到，他竟在会见室见到了他朝思暮想的女儿。当女儿欢叫着扑进王德光的怀里时，两行热泪沿着他干瘪的脸颊流淌开来，侧过脸王德光看到站在一旁的狱警对他轻轻地点了点头。

会见回来后，王德光仿佛换了一个人。王德光不仅积极地配合狱医的治疗，还勤快地将房间拖得干干净净，明亮得仿佛一面镜子。王德光对牢友说，俺一定要好好治疗，好好改造，争取早日出监，女儿说她等着俺回来与俺团聚呢。

放风时，王德光去看了屋檐下的燕子和它们的巢。王德光望着翱翔在蔚蓝天空下的燕子问牢友，你说，燕子真能给咱们带来好运气吗？

牢友狡黠地笑着答，能，一定能。

（发表于《百花园》2011 年 3 期，获"中国首届小小说擂台赛"二等奖）

听闻远方有风

◀ 寄给风的信

夜晚十点熄灯后，周遭开始沉寂下来。走廊的灯光孤零零的，毫无生气。这里有着异常严格的秩序，一切显得井井有条。熄灯后，就不得再随意走动，甚至不允许整出哪怕丁点儿的声响。除了值夜的犯人，其余犯人都得在熄灯前上床睡觉，把所有切实际或不切实际的念想掩盖在被窝里头。

规则，从进来的第一天，就牢牢刻在每个人心底。越线或违反规则，都得付出代价。轻则扣考核分，重则关禁闭。表面上，这里每个人都小心翼翼地遵循着这些规则。早上六点起床，晚上十点熄灯，每天完成定量的生产任务，晚饭后背诵日常行为规范，乃至每一样日常生活用品的使用和摆放，都不得有半点儿差池。在这里，你得收起情绪，最好是把自己掩藏起来，藏得越密越好。只有把自己藏起来，藏到没底的黑暗里，藏到彻底的无意识，才可以熬过漫长的时光。

夜晚往往被寂静或孤独拖得冗长。

凌晨时分，老李被一阵轻微的啜泣声吵醒。老李竖起耳朵辨认，声音是从卫生间旁下铺床位传来的。在夜里，老李已经习惯了用耳朵辨析每一个细节。老李让耳朵像眼睛一样到处巡视，不漏落任何一处声响。在这里待久了，自然就具备这种本能。当然，要说是警觉也没有错。

老李将被子盖过头顶，但跟着就又扯了下来。睡觉时，被子不允许盖过头，这也是规矩之一。作为一名资深老犯，老李自然不会犯这样低级的错误。啜泣声还在断断续续，老李只好扯了两个纸团塞住了耳朵。

不多管闲事，在这里几乎是共识。

卫生间旁下铺床位，是一个刚入监的小伙子的床位。小伙子白白净净，一副弱不禁风的样子。卫生间旁的下铺床位，永远是新人的床位。就算没有欺负的成分，也总得有个新来后到，何况这里是把规矩奉为神明的监狱。小伙子并没有表现出嫌弃或拒绝的意图，也许在进来时个把月的入监教育，让他已经懂得了分寸。

早上起床洗漱时，老李特意留意了一下，小伙子黑眼眶异常明显，白眼球的血丝密密匝匝。老李听另一个犯人说小伙子有自杀倾向，警察已经帮他做过两次心理咨询。老李心里暗暗叹了口气。

小伙子的劳动岗位，刚好在老李岗位的斜对面，老李不自觉地多看了两眼。老李发觉小伙子整个上午都心不在焉的样子，工序上出了几回错，惹得下几个工序的犯人极度不满，给他发出了严厉的警告。生产是流水线式生产，一个工序出错，后面的几个工序都会跟着受影响。每个犯人每天要完成的任务是定量的，无法完成任务就会被训话，甚至扣考核分。考核分和每个月的嘉奖又密切相关，扣分就意味着拿不到嘉奖，就无法记功，进而影响减刑。谁不想着早两天出去？想到这，老李心底就有了隐隐的担忧。

老李不禁想到了自己的儿子。要是儿子还在，也该有小伙子这么大了。这么多年来，老李刻意不去想儿子。想到儿子，老李心里就会悲戚，就会消极，就影响改造。每次老李都会把想儿子的念头硬生生地压下去。老李恨死了那个该死的货车司机，要不然一切都还是原来的模样，还是幸福的模样。货车司机带走了老李的儿子，老李带走了货车司机，多么可悲的轮回。

中午收工时，老李不经意瞥见小伙子藏了一块薄薄的电子元件。

晚饭后，大伙儿放风时，老李刻意打听了一下小伙子的来路。这可是禁忌。犯人之间不得相互打探犯罪的经历。这也是规矩。虽然大伙儿都不谈论自己是怎么进来的，但几乎不用过多久，相互之间都知道谁犯了些什么事儿。迟早会知道的嘛，老李完全用不着冒这个险。但老李顾不上那么多了，那块薄薄的电子元件在老李的眼里晃荡个不停。

放风结束回到监舍，老李有点讨好地来到了小伙子身边。老李说，俺能不能，麻烦你个事儿？

小伙子没有应他，把头侧向了一边。

老李满脸堆着笑说，也不是什么难事儿，俺想给俺儿子写封信，但俺不认得字。俺知道你是个大学生，有文化着哩。俺口述，你记就是。由不得小伙子答不答应，老李就递过了信纸和笔。

老李刻意放慢了语速。亲爱的儿子，好久不见。爸爸很好，请勿挂念。听说你前段时间遇到了一些困难，心情很不好，甚至有了一些不好的念头，爸爸很着急。人生不如意事常九八，俺们都得坦然面对。爸爸遇到了这么大的事情，不一样还没有垮掉？你还年轻，人生的路还很长。眼前的挫折都不算挫折。你得记着爸爸和你说的话，留得青山在不愁没柴烧。失败并不可怕，失败了站不起来才可怕。儿子，你得想想，如果你想不开走了绝路，爸爸活着还有什么意义？爸爸求你了，儿子，千万别干傻事。你要振作起来，我的好儿子……

老李看到小伙子的眼里含着泪，起身去了卫生间。听到电子元件"哐当"掉落在马桶上的声音，老李终于松了一口气。

（发表于《小小说选刊》2023 年第 3 期）

◀ 家　书

一个月才一次的亲情电话，着实缓解不了对亲人的思念。没别的法子，只能写信。一封封家书，装着亲人的问候，想念，还有气息。谁让你犯了错，到了这种地方——这个比江湖更加江湖的地方。

我来的时间不长，在那群老江湖的嘴里，我是新口子。他比我晚两天，因此靠厕所的铺位就给了他。总得有个先来后到嘛。因为都是新口子，我们俩很自然地走近了。虽然这里明令禁止互相打探所犯的事儿，但从他的嘴里，我把零碎的信息拼凑起来，大抵知道他是因为盗猎国家保护动物被判了刑。他判了十三年六个月。他对我抱怨说判得太重了，不就是几只地老鼠，又不是人命，至于吗？我也觉得判得有点重，但不知道该怎么应他。

多次聊天中，他毫不隐讳地告诉我，他有一个很幸福的家。他说他的老婆很漂亮，很爱他，他进来时，他老婆已经怀上孩子。我不可置信地盯着他看，就他这副模样，居然还有姑娘肯嫁给他？

还长得很漂亮？我在心里打了一个大大的问号。他的长相实在不敢恭维，除了满脸雀斑，颧骨很突，酒糟鼻也就罢了，关键是身材矮小，手臂却很长，腿又很短，看起来活脱脱的一只长臂猴。其实，我多少还有点嫉妒他的意思，我从小就缺爱，要不是亲情的缺位，我也不至于误入歧途。

他看到我不大相信他的样子，他说，女人最稀罕的，就是男人对她的好。你对她足够好了，她才肯跟你，和你过日子，给你生儿育女。我就是靠这手把她拿下，真的，我愿意把我的心掏出来给她。我为什么进来？哎，哎，还不是为了给她补补身子，捕了那几只地老鼠。

我还是不信。进来三个月，我没见他打过亲情电话。他说，打了，没通，估计是换了号码，我还是给她写信吧。于是，他问管事讨了纸和笔，开始给他的老婆写信。

他刚开了头，就读给我听：亲爱的老婆大人，你好吗？一日不见，如隔三秋……他问我，隔字怎么写？他自嘲说，太久没有写字，都交回给老师了。我也不是很确定，和他琢磨了好一会儿，又问了管事，才把隔字落实了下来。见这般情形，我便劝他，别为难自己了，字都没有认得几个，还写什么信？他态度却十分坚决，说就要写，边写还边唱起了李春波的《一封家书》。

他的信寄出去有一个多月了，一点儿消息也没有。他没有收到回信。他问过狱警几次，有没有他的信。狱警说，没有。我看见一丝失望浮上他的脸庞，但他很快装作没事一般，央求狱警帮他留意着，要是有回信，就第一时间拿给他。

没过多久，他又问管事讨了纸和笔。他说从预产期来算，他的孩子应该出生了，不知道是男孩还是女孩，他好歹得给他的孩子写一封信。他的开头是，小兔崽子，见信如面。我忍不住笑了，让他干脆给孩子起个名字得了，小兔崽子着实难听。他说今年是兔年，叫小兔崽子再也合适不过。他的话无懈可击，我想想也是。他说他的孩子眼睛一定像他那样明亮，头发有些自然卷，因为他小时候就是这般模样，皮肤像他老婆，又柔软又白，就像刚出笼的白面馒头……这些话，他全都写进了信里。

他的幸福，总是无形中溢于言表。

我真的羡慕他，却又莫名感到失落。每月一次的亲情电话，我总是不知道该打给谁。当狱警问我，要不要打亲情电话时，我总是笑笑搪塞了过去。要是我也有一个幸福的家，也可以给家人打打电话或写写信，那该多好啊！

后来，他又陆续写了好几封信，有些是写给他老婆的情话，有些是写给他的孩子。我记得他还写过一封信，特意说他现在过得很好，让他老婆别记挂，他听说国家有政策，准备特赦一批犯人，他也在名单当中。我揭穿他，说他骗人。他做了一个"嘘"的手势，说他担忧他老婆孩子对他没信心，不等他。他说这些话时，眼眶红红的，眼泪几乎掉下来。

无一例外，他一封回信也没有收到过。

我两年刑期很快就结束了。从监狱出来的第一件事，我买了礼品，要去看望他的老婆和孩子。我还单纯地想着，要是他老婆不认得字或者不肯给他回信，那我就代他老婆给他回一封信，以安抚他孤寂的心灵。当然，我的这些盘算，我并没有告诉他。他信封上的地址，我早已偷偷记了下来。

当出租车司机提醒我已经到目的地时，我揉了又揉眼睛，这房子如此破败不堪，看起来应是好多年没有住过人了。我看了又看，门牌号和信封上的地址确实一字不差，我甚至周遭都转了一圈，还趴在门缝扒拉一番，一个信封哪怕一点纸屑儿都没有找着。

我一时懵在那里，不知如何是好。

（发表于《微型小说选刊》2024 年第 17 期）

听闻远方有风

◀ 欠你一个吻

　　早几年，我在监狱当管教。管教的日常工作之一，就是检查犯人往来的书信——在微信等即时沟通工具横行的时代，书信是犯人沟通外面世界除了拨打亲情电话之外的唯一途径。

　　他往来的书信算是比较多的，一个月有时三两封，有时四五封，基本上都是他写给他的妻儿的。每一封信，他都写得很认真，笔迹工整，信纸叠得方方正正。

　　看得出来，他是一个认真的人。他的文化水平不高，信写得不长，有时寥寥三言两语，有时写些改造心得。他的妻子很少回信，只给他寄过两张他儿子的照片，还有一张他儿子的涂鸦。他解释说，他妻子识的字少，话说得都不成句。我就劝说他，那你也用不着这么勤地给她写信，一两个月写一封就足够啦。他羞赧地笑了，说如果不写，心里就难受。我大抵是理解的，那是他对他妻儿的思念和寄托，只能通过书信来送达。

　　有一次，我在他的信末看到了这么一句话：儿子，我欠你一个吻。事实上，在夜晚值班查房时，我多次看到他双手捧着儿子的照片在痴痴地看，偶尔会亲吻一下照片里的儿子。他出事那时，妻子怀孕刚满五个月。而现在，他的儿子已经三岁多，读幼儿园了。他还没有见过他的儿子。他甚至不知道他儿子叫什么名字。

他妻子的回信，除了两张他儿子的照片和一张他儿子的涂鸦，信里一个字也没有。他和我说，他给他儿子取了名字叫黄正，正路的正。他希望儿子将来走正路，做一个正派的人。

铁窗内，他是流水线上的车工。他改造很积极，每月都会超额完成生产任务，每月都会得到监狱的嘉奖，还被评为改造积极分子。在车工的岗位上，他练就了一身好本领，是一位不折不扣的业务骨干。

那天很意外，他居然接到了会见通知。入狱四年，从没有过会见的他，竟激动得手忙脚乱起来。

在前往会见室的路上，他步伐疾驰地走在我的前边，却又不时回头问我，会是谁呢？会是谁来会见呢？

我数次宽慰他，让他保持心境平静，大抵会是他的家人，他的父母，或者他的妻儿。

果然，正是他的妻儿。那个与他从未谋面的儿子，在这么一个特殊的场所，隔着厚重的玻璃墙与他见面了。

还没开口，他就哽咽了。除了拼命地向妻儿道歉，不停地说对不起，他竟然找不到任何一句要和妻子说的话。啜泣了好大一会儿，他的情绪才渐渐稳定下来。

透过话筒，他的妻子告诉他，他写的信都收到了，儿子很懂事，但总是不停地问起他去了哪里。她总是这样回答儿子，说爸爸犯了错，正在反省，等爸爸纠正了错误，就可以回家了。妻子又给他解释了为什么这么久都没有来看他，路途太遥远，2000多公里路程，要倒腾好几次车，来回车费要一千好几，家里经济也不怎么宽裕，而她又晕车，经不住折腾，再说了，儿子还小，家里还有两个老人要照顾……

他号啕大哭，双膝重重地跪倒在地……

半个小时的会见，很快就到了尾声。他握紧话筒，小心翼翼地和妻子说，想亲亲儿子。

妻子疑惑地问他，怎么亲?

他指了指那堵远远地把他们阻隔开来的玻璃墙。

他妻子和那小孩儿耳语了一番，那小孩儿欢快地把嘴唇贴在了玻璃墙上。

隔着那堵厚重的玻璃墙，他的唇迫切地贴了上去，和儿子的唇紧紧地贴在了一起。

会见结束了，话筒已断线。他像是想起了什么，使劲地拍打着玻璃墙。他大声地对妻子喊道，儿子叫黄正，正路的正，我给他起的名字。

那一刻，我的眼睛湿润了。

会见回来不久，我给他做了一次谈话。我因势利导，告诫他要好好改造，争取早日回家和家人团聚。他点点头，满怀憧憬地和我说，他前几天看了报纸，现在市面上车工紧缺，技术稍微娴熟一点，都可以拿到一万多块钱一个月。他说以他的车工技术，拿一万一个月完全没有问题，在外面打三五年工，有点积蓄，就回老家盖栋房子，种菜，放羊，和妻儿安安稳稳地过日子。

只是，他的神色很快又黯淡下来。他问我，像他这种身份，人家工厂会愿意聘用他吗？

我告诉他，他的这段经历，虽然是抹不去的耻辱，但是知耻而后勇，每一个靠自己双手创造美好生活的人，都值得别人尊重。

我看见他的眼里，闪烁着泪花。

（发表于"我们都爱短故事"公众号，《小小说选刊》2019年第 10 期转载）

听闻远方有风

◀ 那一场暴风雨

当风声一阵紧似一阵时，他的心紧紧地揪了起来。透过铁窗，他看见乌云像山一样重重地压了过来。他在心里惨叫了一声，坏了！

天色这时已经开始暗了下来，而此时又正好是警察的交接班之际，是警力最为薄弱的时刻。要知道，这个时候想要到天台上去，简直比登天还难。即便有警察听信他的话，料想也不会带他上天台。因为一旦出了安全事故，这个后果谁也担当不起。他心里清楚得很，没有哪个警察会愿意为一个罪犯冒这个险。

他开始后悔自己白天在天台劳动时没有及时将那窝小喜鹊给转移到一个安全的地方。暴风雨一旦来临，对于这窝小喜鹊来说，那将会是灭顶之灾。

他焦急地在牢房内来回地踱着步，眉头紧紧地锁成了一条缝，刚点上的烟才吸了两口就又掐灭了。他一时一筹莫展。

他不敢想象，那个温馨的天台在暴风雨的淫威下将会变成地狱，成为那一窝小喜鹊的葬身之地。天台不应该是阴暗的。在他的心里，天台是他改造生活的一片乐土，是他改造的希望，已经成为他生命中不可或缺的一部分。他应该感谢天台。可是此刻，他又是那么憎恨天台，憎恨自己在灾难将要降临的那一刻却无能为力。

在天台上劳动，这可是羡煞旁人的活计。他因为改造表现积极，又有过在医院当护工的经历，这才捞得了这份"美差"。经过系统培训后，他成为一名消毒人员，协助管教负责监狱医院各种医疗器械和医用物什的消毒。消毒间就建在天台上。负责消毒的管教是位刚从医学院毕业的小伙子，和蔼却又不失严厉，通情达理却又不失分寸。管教对他的教育可谓和风细雨，还赠送了他不少励志的书籍，鼓励他多读书净化心灵，甚至破例地将天台上那些弃用的花盆整理了出来，又找来大蒜或辣椒种子让他种植。读书和劳动着实让他获益匪浅，对自己的人生也开始有了积极的思考。而从管教的身上，他见到了人性的善良和美好。他对社会的仇恨和对他人的不信任也随之烟消云散。

他常觉得自己是幸运的。

有一天，他惊喜地看到一对灰喜鹊在天台的葡萄架上垒了一只窝。而后，母喜鹊在窝里下了五只蛋，又孵出了五只小喜鹊。他欣喜若狂地告诉管教这个小小的秘密，管教竟也通融，甚至还从外面的商店买来了虫子，和他一起小心翼翼地背着母喜鹊给小喜鹊喂食。他们每天都欣喜地看着这些小生命一天天地成长……

可是此刻，这些小生命却要面对一场巨大的灾难。

雨在风的怂恿下终于开始了扫荡。狂乱的雨点敲打在窗户上，仿佛是一记记重拳敲打在了他的心上。他望着窗外凶猛得像一只困兽的风雨，双手绝望地抓住了铁栏，额头狠狠地撞在了铁栏上，一阵剧烈的痛楚顿时在身体里蔓延开来，他仿佛一只公狼嚎叫起来……

他的反常引起了楼层值班牢友的注意。牢友通过楼层的对讲系统报告了当班警察。很快，当班警察过来了。

当警察打开监舍门的那一刻，他做出了一个连自己也意想不到的举动：他拨开警察和牢友，发疯似地冲向了天台……

最终，他被以脱逃未遂罪隔离审查。

第二天，管教到禁闭室看他。隔着铁窗，管教问他，仅剩下三个月不到的刑期，却为了和自己毫不相干的一窝小喜鹊而严重违反了监规纪律，值得吗？

他咬紧了牙根，狠狠地点了点头说，值得！

管教有些凝重地望着他，轻轻地对他说，其实，我完全能理解你的行为，也相信你这样做，仅仅是为了挽救那一窝小喜鹊的生命而已，但是，监狱有监狱的纪律，我们任何一个人都不能凌驾于纪律之上，从这一点上来说，我相信你也一定能够理解！说完，管教又给他投去了一个鼓励的眼神。

他努力噙住眼中的泪水，重重地点了点头。

他不知道的是，此刻，管教的心里十分欣慰，因为这个曾经的杀人狂魔已经懂得了敬畏生命。

（发表于《小说界》2013年增刊）

◀ 没有人可以随便伤害一只猫

从监舍到车间楼的距离，一共是 276 步。当然，这不包含上到二楼生产车间的 24 级台阶。

每天两个来回，上午一次，下午一次。闭上眼睛，他也知道是从哪里走到了哪里。走 36 步是教学楼，走到 78 步是三监区的监舍，再走 125 步是篮球场，再往前走 37 步，就到了车间楼。

出工收工，大伙儿走的是齐步，每一步的距离差距相对不大。

来来回回，他已经走了 1286 天。

如果没有什么意外，再过 8 年，他就可以刑满释放。当然，也有可能是 7 年或 6 年，甚至更早。他表现很好，服从狱警的管理，自觉遵守监规纪律，超额完成生产任务，每个月都得到嘉奖，减刑的希望很大。

他想早日出去。

他必须早日出去。

这是他唯一的信念。

他不曾想到，他的命运会因为一只猫而改变。

猫是从哪里来的？高墙电网之内怎么可能会出现一只猫？他不得而知。只是这只猫，和他之间，仿佛有着某种不解之缘。猫是突然窜到他脚边的，还把他吓了一跳。那时，他正在专心致志地修剪监舍院子里的盆栽围篱。放风的时间，他兼职打理监舍的盆栽。这是一项殊荣。只有表现突出的犯人才有资格兼任这项工作。

这只猫儿窜到了他的脚边，"喵"了一声，然后可怜巴巴地望着他。他眉头皱了皱，抬头望了一眼四周，狱警背着手在十米开外的廊道上来回踱着步，另一个狱友在围篱的另一边专注地修剪着盆栽。没有人注意到这只仿佛从天而降的猫儿。

他抬起右脚，轻轻地吓唬那只猫儿。他想把猫儿赶走。猫儿却一点也不害怕，窜到了他左脚边，用尾巴蹭着他的脚。那一刻，他突然动了恻隐之心。

他细细一看，猫儿的小腹已微微隆起。

约莫是一只母猫呢。纠结了好一阵子，他朝狱警喊了一声"报告"。

狱警停止踱步，疑惑地看着他："有事？"

他指了指脚边的猫儿："报告警官，这里有一只猫。"

狱警皱了皱眉头："哪来的猫？"

他摇了摇头，说我不知道。

狱警蹲了下来，揪住猫儿脖子后方的皮肉，把猫儿拎了起来。狱警轻轻地抚摸着猫儿的额头，自言自语地说："这家伙居然不畏生？"说着，狱警拎着猫儿向值班室走去。

修剪完盆栽，狱警喊住了他，指了指躺在值班室门口的猫儿，似笑非笑地对他说："上门就是客，你就好好养着它呗。"

他眉头皱了皱眉，犹豫了一阵子，勉为其难地说："那好吧。"

猫儿仿佛一位入侵者，就这么闯入了他的生活。他甚至不知道该如何来养这只猫儿。在这高墙内，他尚且活得如此卑微，又怎能养得活一只猫？

好在狱警十分通融，每次打饭，总会往他的饭盒里多打大半勺。

他和猫儿，就这么相安无事地处了下来。

猫儿成为他在冰冷的铁窗里的唯一玩伴。

狱友何时打起了猫儿的主意，他不得而知。有好几次，他听到他们在低声嘀咕。他凑过去，他们就转移了话题。但他知道，狱友嘀咕的，肯定和那只猫儿有关。

有一次他假装着上洗手间，果然就听到了狱友说，放入保温瓶里，塞紧塞子，闷上一个晚上，准能熟。他甚至留意到，狱友已开始打磨一把牙刷把子。

他想向狱警报告这些事儿，但是没有谱的事儿，说了狱警也不一定会相信他的话。

那天放风回来，他看见狱友一只手拎着猫儿，另一只手握着一把已被打磨成刀片一样的牙刷把子。猫儿挣扎不脱，嘴里发出了凄厉的哀号。

他厉声呵斥狱友："你想干什么？放下那猫儿！"

狱友一阵冷笑："一只猫而已，至于吗？到时候分你一碗就是了。"

　　他挥舞着拳头咆哮着向狱友扑去。只是不足一个回合，他就倒在了地上。像刀片一样锋利的牙刷把子抹过他的脖子，鲜血像喷泉一样喷射出来……

　　失去意识前，他看见了那只猫儿。猫儿颤颤巍巍地爬到了他的跟前，仿佛孩子一般轻轻地趴在了他的胸前。他想伸出手把猫儿搂入怀里，可是已无法动弹，只可以大口大口地向外冒着粗气。冰窟般的寒冷包围了他，但仿佛又有一股暖和在他的胸口，甚至从他的心底开始升腾。

　　他的瞳孔里，猫的影子终于褪去了。

　　（原载"我们都爱短故事"公众号，入选 2020 年《我们都爱短故事年选》）

◀ 母亲在门外

他依然一副死猪不怕开水烫的样子，还在负隅顽抗。他的心理素质着实不一般，半个月了，牙关咬得紧紧的，涉及案件的事一个字也没有吐。但是，他也不再扯东扯西，神色越来越凝重。

办案组长知道，离他交代不远了。

这天，办案组长进来，没有问案件的事，而是问他，你猜猜，我在留置点门口见到了谁？

他一脸疑惑，谁？

你母亲。她带了一盒杏仁酥，在门口，见人就拦，说她知道你在这里面，你爱吃杏仁酥，叫给你捎上。办案组长顿了顿，又说，刚好碰上我了。说着，办案组长从公文袋里掏出一盒杏仁酥放在桌子上。

他的眼光落在那盒杏仁酥上，良久没有挪开。从外包装可以看出来，杏仁酥的确是母亲做的，一点儿也不假。他甚至闻到了母亲的气息。但是，这不足以说明什么。他学过心理学，知道这也许是办案组心理战术之一。

但是，提及他的母亲，还是在他的心里搅起了波澜。

他幼年丧父，是母亲一人将他拉扯大。父亲去世后，母亲被视为扫帚星被家里人横扫出门，理由是克死了他父亲。实际上，是他伯父在使坏。伯父想霸占他父亲留下的三间瓦房。后来，母亲带着他去了城里。母亲给人家当保姆，在饭店当过服务员，在工厂糊过纸盒，在砖窑搬过砖也做过饭，最艰难的时候还捡过破烂，后来母亲在菜市场讨了个铺位卖菜，他们这才安定了下来。母亲的手，和陈秉正的手一样，结着厚厚的茧，是一双铁手。这些记忆，痛苦而又深刻，他从来不敢回首。

纵然如此艰辛，母亲对他的要求从没有放低过。从他开始读书，母亲就反复告诫他，说读书才是最好的命运。那时他还小，还不能完全理解母亲说这句话的含义。到他再长大一些，这句话已经刻在了心底。于是，他拼命读书，直到走上了仕途。

母亲无疑是过日子的好把式，就连烂菜叶子，从母亲手里出来，也能变成一道佳肴。他尤其爱吃母亲做的杏仁酥。母亲做的杏仁酥软糯酥脆，咸甜交融。他只知道母亲手巧，但不知道母亲如何学会烘焙。但是，杏仁酥吃得多了，他大概琢磨到了母亲的心思，母亲无非是期望他为官一任，拥仁爱心，做仁德事。

可是，他让母亲失望了。

他预感到自己会出事，特别交代过妻子，要是他出了什么事，千万要瞒住母亲。他那时已十分后悔。他想的，不是如何回头是岸，而是设法瞒住母亲。他已知道，他回不了头，唯有头痛医头，脚痛医脚。

谁料到，瞒不住。

其实，一直都没有瞒住过母亲。母亲多次婉言劝他，让他少些在外应酬，少些和那些不三不四的人在一起，甚至还说过，一个人在河边走得多了，鞋子肯定会沾湿。每次回家，母亲给他做的杏仁酥，又何尝不是最好的谏言？

他的眼光终于从杏仁酥中挪开来，瞄了办案组长一眼，看见办案组长的眼光直直地盯住他看，他赶忙挪开了。他心虚得很，虽还想负隅顽抗，但心里早已溃不成军。

其实，他心底还有些侥幸，万一，这些只是办案组的手段呢？而且，他知道，母亲已经有阿尔茨海默病迹象，一个人搭乘公交车到留置点，可能性不大。

办案组长早已看穿了他的心思，从公文袋里拿出了一张照片，说，我知道你会不信，其实，你母亲不是今天才来，在你进来后，她就每天都来。之前我只是听说，没有碰上过。昨天晚上，我下班出来，看到她还在门口徘徊，我要送她回去，她坚持不让。你母亲说没有教育好你，她有罪。

他将信将疑地接过办案组长手头的照片，昏暗的路灯下，一个老妇人蹲在路边，头发凌乱被寒风吹得异常凌乱。天还没有黑透，路灯的光笼罩在暮色中，让夜晚显得更加阴晦。他看不清老妇人的脸，但从她身上穿的那件风衣，他认出了那是他的母亲。

他内心还在挣扎，没有说话。

见他依旧沉默，办案组长又说，你母亲给我讲了一个故事，说你邻居家有一棵杏树，每到六七月份，金黄的杏子挂满了枝头，有次，你嘴馋，爬了上去，被邻居抓住了，扭送到你母亲那里，那是你母亲唯一一次打你，她骂你经受不住诱惑。办案组长顿了顿，又说，你母亲还说，要是她还能见到你，她一定会狠狠抽你几棍子，让你长点教训。

他浑身在颤抖，顿时号啕大哭，说，我……我交代……全部交代……

（发表于《作品》2024 年第 10 期）

◀ 洁　癖

这大通铺，多少人睡过？小偷小摸的、打家劫舍的、杀人放火的、报复投毒的，还有像他这样体面地把别人的钱财或东西装进自己口袋的……

这么想，他内心顿时涌起一阵阵恶心，胃里翻江倒海，脸憋得通红，眼泪像断了线的珠子一下子全挤了出来，他紧紧掐住脖子，企图扼制已经涌到喉结的干呕，但无济于事，干呕一下子就窜了出来。他趴在床沿，激烈地喘着粗气，仿佛一条被无情地甩在岸上的鱼。

小组长的眼光斜了过来，问他，怎么回事？

好不容易把干呕压制了下去，他试图让自己平静下来，双手撑着床沿抬起了头，说，没……没什么事。

小组长又问，要不要喊医生？

他赶忙摆手说，不用，真的不用，我歇一会就好，谢谢！

小组长将信将疑地将眼光收了回去。

他想了想，从大通铺下拉出塑料行李箱，翻出一件白色背心。白背心是他进来时，唯一被允许带进来的物什。手表、电子手环、皮带、佛珠，还有一个开过光的弥勒佛吊坠，就连当天穿的衣服，都已交了出去。管教说会帮他保管好，出来时，会还给他。他内心一阵苦笑，还能出来？猴年马月才能出来？还有没有机会出得来？

白背心，和他荣光的过往交织在一起。那年，他从正处级荣升副厅级，官至某市副市长。早已有称兄道弟的商人准备好了白背心，在任命书下来那一刻，白背心非常及时地送到了他手上。

坊间传言，唯有副厅级以上领导干部，才配在白衬衣底下套上白背心。还有人戏言，此乃厅级以上领导干部标配。此刻，这件象征着身份的白背心却被他无奈地充当起了抹布。

当用力撕扯下一截白背心，他心里一阵绞痛。

到卫生间蘸了水，他把他的铺位抹了一遍又一遍。实际上，每一个铺位每天都有专人擦拭，早已被擦拭得一尘不染。但他还是觉得还很脏——就算他也已擦拭过这么多遍，每当想到那么多人睡过这个铺位，干呕还是会毫无征兆地涌上来。

熄灯时，他磨磨蹭蹭，一会儿说要上厕所，一会儿说要刷牙，总之，就是不想上床睡觉。小组长严厉地提出了警告，说要是他还没有上床睡觉，会立马采取措施，让他吃不了兜着走。

这儿有这儿的规矩：内部矛盾内部解决，实在解决不了，再向管教报告——要是到了管教那里，矛盾就绝不是一般矛盾了。这些话，是早上进来时，小组长对他说的。小组长还补充说了一句，不管你曾是人是神，在这里，只有一个小组长。这句话，寓意非常明确。想想看，他哪里受过这种气？在外头，只有他呼风唤雨的份，谁敢大声对他说一句话看看？而现在，在一脸横肉又凶神恶煞的小组长跟前，他唯有噤若寒蝉。

虎落平阳被犬欺。

他无奈地爬上了大通铺。

刚躺下，一阵恶心立刻从心底涌上来，就像刚才那样，他的胃里翻江倒海，脸被憋得通红，眼泪像断了线的珠子一下子全挤了出来。不得已，他只好又趴在床沿干呕起来。

看起来不像演戏。

他妈的！小组长骂骂咧咧，一脚踹在他的屁股上，你他妈的，到底在装哪门子神？

他大气不敢出，窝囊地趴在床沿，不敢顶嘴。

小组长再次厉声警告他，让他立即回到铺位，就算不能入睡，也要躺得像一具尸体一般安稳，不然他将使用解决内部矛盾的方式来解决他的问题。

可是，刚回到铺位的他，干呕又立即涌了上来，他紧紧掐住脖子，但无济于事。

小组长气急败坏地让人将他死死地按在铺位上。干呕声、喘息声，连同他发出的哀号，就像被放血的猪发出最后的嚎叫一样。

恍惚间，他看见了高光时刻的自己。此时，他正站在鲜花簇拥的主席台旁的发言席上，慷慨激昂地对着台下黑压压的听众说：我毫不避讳地和大家坦白，我有洁癖。我倒认为，对领导干部来说，有洁癖不是件坏事，可能还是件好事，有洁癖的人，就会管住了嘴，不到外头胡吃海喝，就会管住了手，不拿不该拿的东西，也会管住了下半身，不碰不该碰的女人。尤其是精神上的洁癖，更会让领导干部自觉抵制腐朽思想的侵蚀，从而保持自身的清白和干净……

（获"植莲杯"廉政小小说征文三等奖）

◀ 吼　夜

　　春雨想不明白，像寒露身段那么丰硕的女人，怎么会没有奶水？

　　在集上，寒露可怜兮兮地央求春雨，春雨，俺不争气，娃是生下来了，可是俺没有奶水，俺一滴也挤不出来，娃饿得整日嗷嗷地哭着呢，春雨呀，您大人大德就帮俺奶一次俺的娃吧，俺那娃，生出来那阵子，足足八斤重，可现在么，就剩下皮包骨头了……

　　春雨动了恻隐之心，都是刚当了娘的，咋能不心疼呀？可是，春雨十分为难。春雨恨着寒露的男人铁头呢。春雨在心里狠狠地骂着铁头，铁头算你活该，当初娶的要是俺，你的娃怎么会没奶喝？怕你也能喝个够呢。

　　春雨的为难还在于该不该将这事儿拿出来和男人板寸商量一下。春雨料定板寸不会同意。春雨和铁头过去的那事，板寸到现在还嚼着舌头，像打翻醋坛子一般。现在倒要给铁头奶娃，奶铁头的娃，你想想看，板寸会乐意吗？板寸当然不乐意。板寸那点胸怀还没有巴掌大。

春雨奶着她的娃时，春雨仿佛听到了寒露的娃在嗷嗷地大哭，那哭声很凄切。春雨就坐不住了。春雨看了一眼正专心致志地编着篓的板寸，春雨张了张嘴，又把已经挂在嘴边的话硬生生地给憋了回来。春雨望着怀里自己的娃，想着寒露那饿得嗷嗷大哭的娃，两只奶子就憋胀得生疼。春雨心里轻轻地叹息着，真是可怜了那娃。

天终于黑下来的时候，板寸收住了手头的活计。板寸吃了饭，洗了脚，身子往炕上一倒，紧接着就轰轰隆隆地开起了火车。春雨估摸着板寸睡得沉了，就悄悄起了身，摸出了手电筒，轻轻地出了门。

春雨能看得到寒露家的灯光和人影，可真要走到寒露的家，还得三四里的距离，而且中间还得翻过一条深沟。没有人愿意在夜里翻过这深沟，累人不说，这深沟还邪气。深沟里死过很多人。失足死掉的，冤死的，想不开的，约定俗成一样，都死在了这深沟里。夜里要是有人吼曲儿，必定是有人要过沟，村里人叫吼夜。

春雨走到深沟沿边时心里就开始发怵。春雨犹豫着往回走时，寒露那娃的哭声又把春雨的心给拧紧了。春雨心里就有了埋怨板寸的意思，埋怨板寸那巴掌大的胸怀。春雨想，要是板寸能坦荡一些，大度一些，慈悲一些，送她出来，给她吼吼夜，吓跑那些孤魂野鬼，她也不至于会这般狼狈。

春雨屏住了气，深一脚浅一脚地走进了深沟。也不知跌过多少跤，春雨终于把深沟踩在了脚底下，站在了寒露的家门口。铁头开门出来，看见是春雨，呆住了，说不出话，幸好寒露及时将春雨迎进了屋里。寒露眼里闪着泪花对春雨说，大半夜的，也真难为您了。说着，又对铁头咆哮了一句，还愣着干啥子哩？还不赶快烧水去？铁头这才回过神，直奔灶膛去了。

爬上炕解了扣子，春雨才知道汗水早已把褂子湿透了。春雨从寒露手里接过娃，将奶头塞进了娃的嘴里，娃马上就止了哭，咕噜咕噜地吞咽了起来。春雨轻轻托着娃的屁股，怜爱地对娃说，瞧你饿的。寒露羞赧地对春雨笑了笑，对娃说，娃啊，可要记得春雨婶子的大德，她可是你的再生娘亲。

娃吃得急，不大会就吃饱了。春雨下了炕，就要走进黑暗里。寒露追了出来，拦住春雨说，让铁头送下你，吼吼夜，消消邪气，走得顺些。春雨扬了扬头，不了，都一个人这样走过来了，回去还怕吗？

说完，春雨就融入了黑暗里。

（发表于《文学港》2011 年第 1 期）

◀ 写熟悉的人和事（后记）

这之前，我写过小小说，甚至在接触小小说之后，一直以小小说为主要创作文体。但可惜的是，因为各种原因，在 2013 年，我基本上停了下来。到 2023 年初我想重拾小小说创作，开始认真研读小小说作品，却有一种无所适从的感觉。

这十年之间，我对小小说文体已然陌生，而且小小说文体正悄然发生着变化。

所幸的是，《小小说选刊》《百花园》给我机会参加了第二届和第三届全国小小说青春笔会暨青年作家训练营活动。如果说参加第二届活动，小小说刊物的编辑和导师们帮我拨开了云雾，树立了信心，那么参加第三届活动，则让我真正认识到自己的问题和短板究竟出在哪里。尤其是非鱼老师在改稿会上，语重心长地告诫我们"用悲悯的情怀对待你笔下的人物"，以及谢志强老师多年的小小说创作体会"写你最熟悉的题材，写你最熟悉的人和事，在日常生活中找到闪光的细节，贴着人物写，把细节写透，就是一篇成功的小小说作品"，更是让我知道，这就是我要努力的方向。

写熟悉的题材，贴着人物写，写透细节。这句话，我一直在反刍，也尝试着在自己的小小说创作中去应用。写熟悉的人和事的前提是深入生活，深入到生活最真实的场景中去，体验烟火气。老舍曾经说过，写自己真正知道的事，又说，写东西非有生活不可，不管文字多么好，技巧多么高，也写不出自己不知道的事情。真是一语中的。小小说创作如果脱离现实生活，就会陷入缥缈，甚至虚无，乃至站不住脚。

我是越来越强烈感受到小小说难写。我曾尝试过写一些军旅题材的小小说，但没有写好，因此不敢拿出来。我之所以有写军旅题材小小说的想法，是因为我一个同事，他有过多次参加索马里护航经历，遇见过他国军舰的挑衅，也遭遇过海盗伏击，当然大海航行中的风高浪急，对于他们来说，都是小儿科。总之，他的经历非常震撼。如果写成小小说，同样会十分精彩。但是，因为没有亲身经历，或者说，没有那种深刻的生活体验，我写不好这类题材的小小说。

我曾在一个海边小镇工作过两年多时间。镇政府的所在地，叫三窝村。小镇三面环海。从镇政府出来，不到五十米，就到了海边。那里原先是一个熙熙攘攘的渔港，叫三窝渔港。南来北往的渔船聚集在这儿上岸，把渔获冰封，然后售往全国各地。刚到小镇任职，我用最短的时间遍访了全部村落，到老百姓家里和他们唠家常，爬上渔船和他们交朋友。我很快就全面摸清了村情，也了解到了村落里的一些人和事。

小镇不大，常住人口也就四万多人。靠山吃山，靠海吃海。小镇绝大部分百姓都是靠耕海生活。因为常年在海上找食，搏击风浪，当地老一辈的人中，很多女人守了寡。她们的丈夫甚至死不见尸，坟墓也只能是衣冠冢。因此，当地百姓比较迷信，几乎每座村落都建有庙宇。因为独特的生活习性，他们的民俗文化甚至带有一些神奇色彩，比如唱木偶戏、舞狮、舞龙、行穿令、滚刺床之礼等，逐渐形成了别具一格的非物质文化遗产。

调离小镇之后，小镇的一草一木不时在我的脑海里闪烁，尤其是一个个渔民形象（也就是三窝村故事系列小小说中的渔夫）。那时有朋友问我，会不会写三窝村？我当时非常肯定地告诉他，会写。但怎么写？我一直心里没底。直到有一天晚上，我望着挂在中天大如银盘的月亮，三窝村的渔民形象适时地出现在我的脑海里，我打破了自己一直认为是传统笔法的写作模式，用抽象甚至虚幻的笔法写下了《月光》。没过多久，我又依葫芦画瓢，写了《炊烟》。这两篇作品在《作品》2023 年 8 期发出，并被《小小说选刊》2024 年 1 期转载。孙楚老师对这两篇作品的评论蛮有意思："这是一组并列的二题，第二篇虽然表述上有所差异，细节上也因为情景自然区分，然而整体的写作态势上完全就是照着第一篇的模子刻出来的。但这并不是简单的重复，而是一种重新的讲述，或者说叫作重构了原有的叙述架构。也就是说，必然有些不同的地方是在里面的，那么不同到底在哪里呢？更为关键的是，这两篇为什么会具有相同或相类似的讲述模式？这种'相同'

可能是比两篇的'不同'更有意思的地方。"实际上，我想借小说表达的，孙楚老师已经讲透了。

月光也好，炊烟也罢，这些都是我熟悉的东西。因此，我在写的时候，并没有感觉到很吃力，包括后面创作的三窝村系列小小说《石头》《大海》《风》《渔夫》《稻草人》等作品，过程都相对顺利。

于是，我便这么理解，写作如果有捷径，那就是写你最熟悉的人和事。

（发表于《百花园》2024 年第 11 期）